著 ― ラチム
イラスト ― ろこ
王国を裏から支配する悪役貴族の末っ子に転生しました
Reincarnated as the youngest of a villainous noble family who ruled the kingdom from behind the scene
～「あいつは兄弟の中で最弱」の中ボスだけどゲーム知識で闇魔法を極めて最強を目指す～

レティシア
セイルランド王国の王女。
ゲーム本来の主人公。

リリーシャ
バルフォント家と双璧をなす
二大貴族バーシファム家の令嬢。

アルフィス
悪役貴族バルフォント家の末男。
転生前のゲーム知識を持つ。
ルーシエル
アルフィスに救われたことで
従者になった天使族の少女。

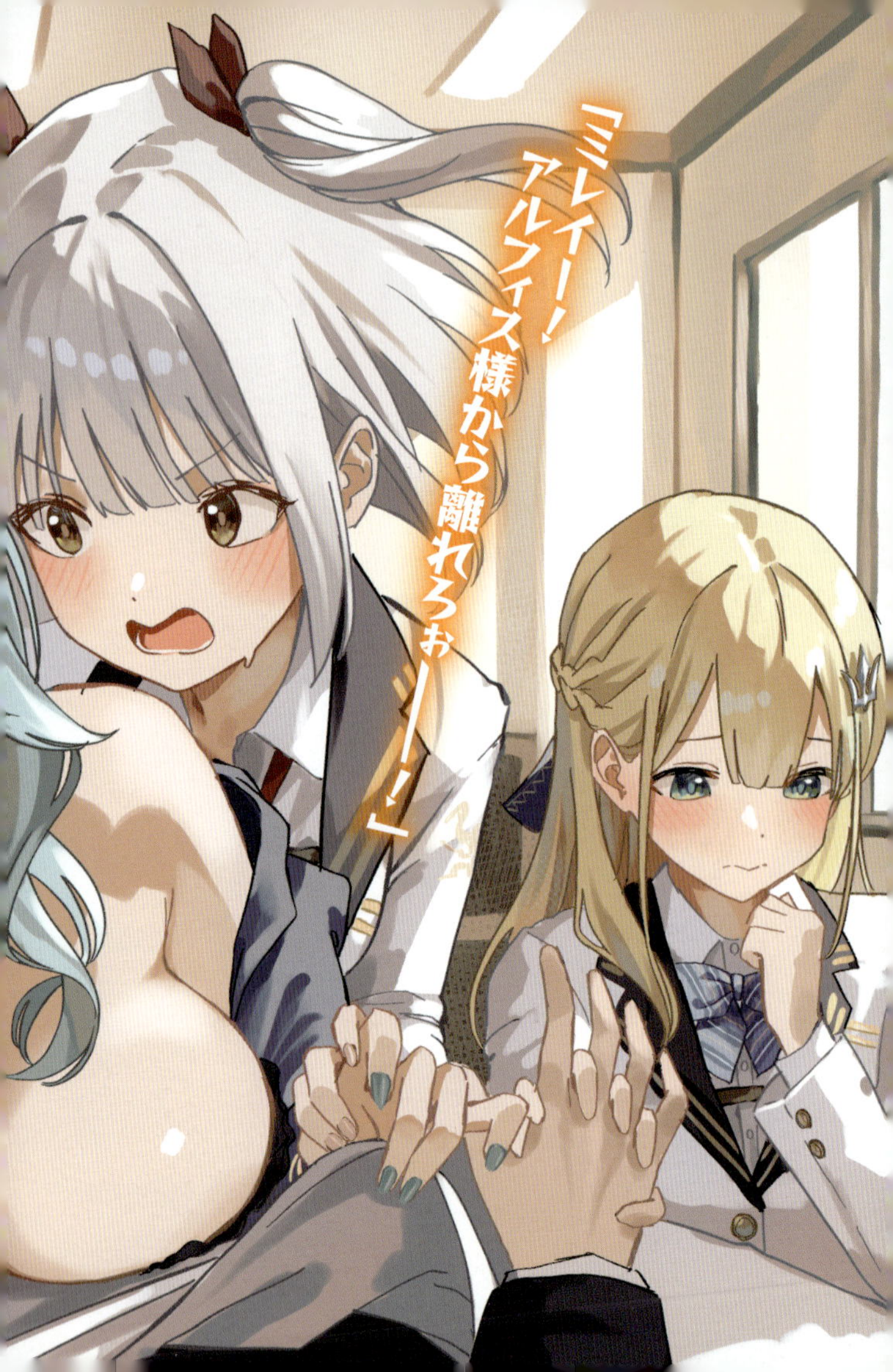
「ミレイー！
アルフィス様から離れろぉ――！」

「お姉ちゃんが添い寝してあげる」

「支配者たる一族たらしめる
バルフォント家の恐ろしさを
見せてやろう！」

CONTENTS

第一章

バルフォント家 003

第二章

学園入学、本編スタート 100

第三章

バルフォント家長男ヴァイド 253

番外編

悪役貴族バルフォント家 295

Reincarnated as the youngest of a villainous noble family
who ruled the kingdom from behind the scene

王国を裏から支配する悪役貴族の末っ子に転生しました

～「あいつは兄弟の中で最弱」の中ボスだけどゲーム知識で闇魔法を極めて最強を目指す～

ラチム

GA文庫

カバー・口絵　本文イラスト
ろこ

第一章　バルフォント家

アクションRPGプリンセスソード。

セイルランド王国の姫が王家の陰に潜む巨悪に気づいて立ち向かう正統派の長編RPGだ。

巨悪とは王国一の柱と名高い名門のバルフォント家のこと。その実態は王家の手に負えないものを取り除き、表立って実行できない作戦を遂行する闇《やみ》の一族だ。

バルフォント家なくして王家は存続できず、この一族は今や実質的な王国の支配者となっている。そんなバルフォント家の末っ子であるアルフィス・バルフォントは極めて傲慢だった。

弱者を人とも扱わない性格で、彼によって人生のすべてを奪われた人間は数知れない。

欲しければ奪う、犯す、殺す。そこに葛藤なんて存在しない。感情の赴くままに動く彼を人は魔王と呼んだ。

そんなアルフィスだけど物語中盤に差し掛かる頃に主人公によって倒されてしまう。

アルフィス戦はRPGの中でもっとも難易度が高いボス戦との声が多い。

そんなアルフィスを倒したところで直後に出てくる兄弟の一人には「あいつはバルフォント家の中で最弱」と言われてしまう。

で、オレはそのアルフィスに転生してしまった。最初こそ何がなんだかわからなかったけど、赤ん坊のオレを嬉《うれ》しそうに抱き上げたのはバルフォント家の当主レオルグだ。なぜか意識があるし、そこにいるのがレオルグだとわかってしまう。

オレにアルフィスと名付けたのはレオルグだ。大喜びするレオルグを見ているといい父親に見えるけど、こいつはラスボスなんだよな。

最終的にバルフォント家の敵として立ちはだかった主人公に倒される悲しき存在。

冷静に考えなくてもオレはこのままアルフィスとして育てられていく。

アルフィスはクズキャラとしての呼び声が多い。命乞いをする村人同士を殺し合わせて勝ったほうを助けるのかと思ったら、勝ったほうも殺す。

――助けていただけるのではなかったのですか！

――誰《だれ》がこのまま生かし続けるといった。同じ村の人間を殺すクズめが。

なんて言ってさ。クソだね。あまりに突き抜けすぎていて悪役として非常に人気が高かった。

オレも正直に言って嫌いじゃない。

なぜかってアルフィスは明確に悪役として設定されたキャラだからだ。

むしろ善人キャラとして登場したはずなのにナチュラルにクズ行為やクズ発言をする奴《やつ》より

好感が持てる。そんなアルフィスを生んだバルフォント家は王国の支配者一族といっていい。王国の手に負えない魔物がいれば討伐して、隣国との戦争になれば駆け付ける。王国にとって都合が悪い人間や組織があれば根絶やしにする。当然それらがバルフォント家の功績だと明るみに出ることはない。必ず何らかの事件として隠蔽されて終わりだ。

　そんな絶大な権力と武力をもったバルフォント家だけど最後は主人公によってすべてを暴《あば》かれて滅ぼされる。つまりこのままだとオレは主人公に倒されて死ぬ運命にある。ハッキリ言って絶望したよ。

　だけどよく考えればこんな経験は誰でもできるもんじゃない。オレは前世で何らかの理由で死んだけど、普通ならそれで終わりだ。一回限りの人生なのに二度も与えられるなんて幸運と考えるべきだろう。

　それに今のオレには前世の知識がある。プリンセスソードはかわいらしい絵柄に反して難易度が高い。オレはそんなプリンセスソードの縛りプレイ動画をあげて再生数は数十万を超えた。

　更にプリンセスソードの攻略Wikiの大半を作り、内容は企業の攻略サイトより詳しいと評判だ。育成のコツや序盤の動きなんかもバッチリ、と言いたいところだけど今のオレはアルフィス・バルフォント。

　主人公とはキャラ性能がまるで違う。主人公は主人公だけあって専用の装備や技があるし、全キャラクターの中でも最高に安定している。

いわゆる主人公補正もあって、戦闘以外でも特殊な力を発揮していた。

で、それがどうした？　実はこのアルフィス、物語中盤でこそ倒されてしまうけど潜在スペックは他の兄弟を上回ると言われている。物語後半まで生きていたらラスボスになっていたんじゃないかという意見にオレも賛同した。そう言われるほどプレイヤーにインパクトを与えたボス戦でもあり、キャラでもある。

アルフィスに生まれ変わってよかった。このチートスペックなキャラとオレのゲーム知識をもってすれば死の運命を回避できるはずだ。普通のゲームで考えてもボスを操作できるとなればワクワクする。

「リーザニア、その子を抱かせてほしい」

「ええ。この子から力強い波動を感じますわ」

父親のレオルグは母親であるリーザニアからオレを渡される。このいかつい顔の父親がラスボスの時にはとんでもないことになるんだよなぁ。『ヒャッヒャッヒャッ！　これが世界王の力だぁ！』とか言い出すんだぜ？　ちゃんとオレを丁重に扱えよ、世界王。

「うむ……確かに凄《すさ》まじい波動を感じる」

「フフフ、将来が楽しみね」

バルフォント家としてはそうでなきゃ困るだろう。

バルフォント家が他の貴族を寄せ付けないのは卓越した戦闘能力にある。

このレオルグは特に歴代最強と言われていて、単独で伝説級の魔物を倒している。今、身につけている大刀はその魔物の牙《きば》で作られているという設定だ。

そんなチート一族に生まれたからには上を目指さない手はないだろう。普通の人生を送りたければ普通の人間でもできる。そう、目指すは世界最強だ。それ以外はどうでもいい。主人公、メインキャラ、サブキャラ、モブ。男女問わずオレが勝つ。恋愛なんてどうでもいい。敵キャラであるアルフィスがすべてを蹂躙《じゅうりん》する。最高じゃないか。

「あなた、この子ったら笑ってるわ」

「まるでこの世に生まれ落ちたことを喜んでいるかのようだな」

その通りです、世界王。あんたも意味不明に強いけどオレはきっとそれ以上に強くなる。だからぜひとも大切に育ててほしい。

＊＊＊

バルフォント家のアルフィスに転生してから早七年、おかげでスクスクと成長できた。幼少期はまだゲームが始まっていない頃とはいえ、オレは密かにゲーム知識を活かして訓練をしている。

とはいっても大したことはなく、要するにただ自分の得意武器や魔法を意識して鍛えているだけだ。それも屋敷周辺にいる弱い魔物相手にひたすら磨いていた。

一方でバルフォント家の面々は地下の訓練場で訓練を行っている。悔しいけど今のオレがあのメンツにまじっても何の訓練にもならない。ひたすら痛めつけられて終わりだ。

バルフォント家では何のノウハウも教えてくれない。本当に天才であれば師などいらぬといったように、誰もが各々の技を磨いている。

それでも王国の柱として君臨できるのがバルフォント家だ。そんな中で弱い魔物相手と戦っているオレは屋敷内で訝《いぶか》しがられている。

「アルフィスぼっちゃん、毎日外に出てどこへ行かれているのだ?」

「お父上のレオルグ様も何も言わないのだよな……」

レオルグはバルフォント家の血筋であれば勝手に強くなると考えている。

というかあの男は基本的に自分のことしか考えていない。オレが生まれた時に喜んだのだって、自分の優秀な手駒が増えたからだ。オレが好き勝手に動いて強くなるならよし、どこかで死ぬならそれまでだと思っている。

今日もザコ狩りを終えて屋敷に帰ってくると廊下が騒がしい。あれは次男のギリウムだな。

「天使族というほぼ絶滅した種族だからテイムしてやったというのに、ホント使えないな」

「違うね！　お前がボクを戦わせなかったんでしょ！」

「そりゃお前が勝てそうな相手がいなかったからな。ていうか天使族ってテイムできるんだな。

知らなかったぜ」

ギリウムはいわゆる魔物使いだ。ネチネチと絡《から》んでいる相手は天使族の女の子か。

ギリウムは多数の様々な魔物を従えて主人公の前に立ちはだかった中盤以降のボスキャラだったな。実際、あいつの周りには何匹かの魔物がいる。

「ゲゲゲ！　お前は本当に弱っちいカスだなぁ！」

「カスはお前だろ！」

「なんだとコラァッ！」

「ギャッ！」

天使族の子が悪魔系の魔物に吹っ飛ばされた。そこへギリウムが倒れている天使族の子の頭を踏みつける。

「どこにも行き場がないお前みたいなカスを拾ってやったのはどこの誰だ？　あん？　言ってみろや」

「いぎぎぎ……」

ギリウムはプライドが高く、アルフィスをもっとも貶《けな》していたキャラだ。屋敷内でも散々オレに絡んできてしょうもない罵倒をしてくる。挙句の果てにはオレの武器をどこかへ隠したりとか、幼稚な嫌がらせまでしてきたこともあった。

そして踏みつけられている天使族の子は確かルーシェル、実は裏ボスだ。ギリウムの手下の中で最弱と言われていて、鉄砲玉のように主人公達に刺客として送り込まれる。

そこで返り討ちにあった後は姿を消すけど、ゲームクリア後にとんでもない強さになって立ちはだかるんだよな。その強さは理不尽とまで言われていて、全RPGの中でも最高難易度のボス戦と言われている。

「おい、カス。もう一度、舐《な》めた口を利《き》いてみろや……なぁッ！」

「うぁッ！」

ギリウムに蹴《け》っ飛《と》ばされたルーシェルが壁にぶつかる。見ていられないな。

「おい、その辺にしておくんだな」

「あん？　誰かと思えばクソザコのアルフィスじゃねえか。今日もお散歩か？」

ヘラヘラと見下してくるけど、クソザコってのはこっちのセリフなんだよな。こいつ、ゲームでアルフィスのことを「あいつはバルフォント家の中でも最弱なんだよ」とか言ってたっけ。

絶望難易度のアルフィス戦の後だからプレイヤーはさぞかし驚いたはずだ。

だけど蓋を開けてみればなんてことはない。ギリウム戦で苦戦したというプレイヤーはほとんどいなかった。

「こいつ絶対アルフィスより弱いだろ」『周りの敵のほうが強かったw』と散々な評価だ。

「お前ごときが知る必要はない。それよりそこの天使族の少女を解放しろ」

「あぁ？　なんつった？　お前、ごときがぁ……？」

「当然だろう？　そこの天使族の少女はお前ごときが扱えるような存在じゃない。いいか？これは忠告だ」

「て、てめぇいつからこのギリウム様に舐めた口を利けるようになったんだゴラァァッ！」

いきり立ったギリウムが殴りかかって来るけど、オレはひょいっと避けて足を引っかけた。盛大に転んだギリウムが顔面から床に倒れる。

「ぐぁッ！　い、いでぇ……！」

「家でぬくぬくとしているからそうなる。もう一度だけ言うぞ。天使族の少女を解放しろ」

「う、う、うるせぇ！」

「鼻血出ているぞ？」

ギリウムの鼻からボタボタと血が垂れている。ハッとなったギリウムが鼻を押さえながらもオレを睨《にら》みつけてきた。

「アルフィス、てめぇごときが俺様《おれ》に命令しようなんざ100年早いんだよ！」

「じゃあ、どうする？　いっそ決闘でもして白黒つけるか？　オレが勝ったらそこの天使族の少女を貰《もら》うぞ」

「決闘だぁ⁉　ハッ！　上等だ！　吐いた唾は飲み込めねぇぞ！　ていうか、おい！　そこのゴミ！　てめぇの服をよこせ！」

ギリウムが呼びつけたのは使用人だ。こいつは使用人をゴミ呼ばわりしている。あいつのせいで何人の使用人がやめていったことか。

慌ててやってきた使用人の服で鼻を拭いた後は用済みとばかりに突き飛ばした。本当に終わってるな、こいつ。

決闘はバルフォント家の屋敷の地下にある訓練場でやることになった。この地下は地中深くにあって、多少の衝撃にも耐えられる作りになっている。

つまりどんなに泣き叫ぼうと誰も助けてくれないと陳腐な脅しをかけてきたギリウムのドヤ顔が面白《おもしろ》かった。

「アルフィス様がギリウム様と決闘だなんて……」

「失礼だがアルフィス様に勝ち目があるとはとても思えない」

「訓練をしている様子もなかったからなぁ」

この話は屋敷中を駆け巡り、両親や兄弟達だけじゃなくて使用人すらやってくる。

好き勝手に言ってくれているけど、これは原作通りだと言っていい。アルフィスは主人公達の前では大物ぶっていたけど、実際は兄達に屈していた。

どんなに訓練をしても歯が立たず、落ちこぼれ扱いされていたんだからな。その原因は他の兄弟にまじって地下で訓練をしていたせいだろう。実力差があまりにかけ離れた相手にボコられ続けるだけで、そこには何の成長もない。

それに加えてアルフィスには知識がなかった。だけどオレは違う。

「アルフィス、恥をかく心構えはできたかぁ？　ケッケッケッ！」

「ギリウム兄さんはちゃんと用意したか？　回復アイテムのセットをさ。今回ばかりは使役している魔物は助けてくれないぞ？」

「てめぇ相手にそんなもんいるかよ！　このクソカスがよッ！」

本当にこのギリウムは沸点が低い。プライドが異常に高くて常に弱いものを見下している。それにこれは煽《あお》りじゃなくてアドバイスでもあったんだけどな。

ギリウムのスキルは攻撃一辺倒で防御系のものがまったくない。回復魔法の類も使えないから、他の兄弟よりあっさり倒されてしまっていた。要するに使役している魔物ありきの強さなのがこのギリウムだ。

「アルフィスにギリウム、この決闘で取り交わした契約は覚えているだろうな」

「はい、父さん。オレが勝てばルーシェルはオレと契約をする。そしてギリウム兄さんには自分が汚した使用人の服を洗濯してもらう」

「おう、俺が勝ってアルフィスは奴隷だ。結果は決まりきっているんだから確認するまでもねぇ」

放任主義とはいえ、レオルグはしっかりと決闘を取り持ってくれるようだ。当主として揉《も》め事《ごと》は容認できないということか。

とはいえ、オレがギリウムに嫌がらせをされたことを告げ口してもむしろ怒られるだろう。

そういう貧弱な人間をレオルグはもっとも嫌う。なぜならそんな奴は自分の手駒としても使えないと考えているからな。

「では使用する武器は木製の剣、どちらかが参ったといえば勝負は終わりだ。互いに死力を尽くせ」

レオルグがそう宣言すると、オレとギリウム達は武器を構えた。

7歳のオレが10歳のギリウムに挑むのは普通に考えて無謀としか言いようがない。普通に考えればな。

「ケケケッ、愚弟よ。こいつを見ろ。これが何だかわかるか？」

「魔力か？」

「あ？　そ、そうだ。お前にはとても真似できないだろぉ？」

「いや、別に……こうか？」

ギリウムが木剣に魔力を込めてご満悦のところだが、オレも同じことをしてみせた。

余裕の態度を見せていたギリウムの表情が強張《こわば》る。

「なっ！　て、てめぇ魔力を⁉」

「7歳のオレだからできないとでも思ったか？　舐めるなよ。それどころかオレはお前の先を行っている。こんな風にな」

オレは魔力を闇属性に変換した。黒い木剣から迸《ほとばし》るのは闇の魔力だ。武器や魔法、それぞ

れキャラによって得意なものがある。プリンセスソードではそれを見つけるのも楽しみの一つだ。もっともオレの攻略Wikiなんかで一瞬で暴かれてしまったわけだが。

不得意な武器や魔法を使用すれば当然だけど成長率は低くなる。それどころか実力が頭打ちになって育成失敗だ。アルフィスの得意魔法属性は闇、武器は剣。オレはこれを生まれた時から知っていた。それに対してギリウムはまだそれを見つけられていないみたいだな。

「や、闇だとぉ⁉　なんでてめぇがそんなもん使えるんだよ！」

「なんでってオレだって何もしてなかったわけじゃない。お前が魔物をはべらせて満足している時でも努力したからな」

「クソがッ！　闇だろうが魔力はオレのほうが上のはずだ！」

ギリウムがいきり立って木剣を振り回してきた。魔力で強化されている分、威力はすごいんだろうけど動きは遅い。オレは余裕を持ってそれを受けた。

「くっ！　う、動かねぇ！」

「ギリウム兄さん、ちゃんと訓練した？　それともまだ手加減してる？」

「うるせぇっ！」

ギリウムが一度後退してからまた斬りかかってくる。そこへオレは剣にまとわせていた闇を少しだけふわりと切り離した。

霧状になった闇がギリウム兄さんの顔を覆《おお》ってしまう。

「な、なにも見えねぇ！　どうなってんだぁ！」

「闇魔法ってこういうこともできるんだよ。デタラメに振り回したって当たらないよ。それどころか……」

木剣で見当違いな方向を攻撃しているギリウム兄さんの腹に一撃を入れた。

「がはぁッ！」

「より隙だらけになってこういうことになる」

ギリウムはお腹《なか》を押さえてフラフラと立っている。

周囲がどよめいていて、誰もがこの展開を予想できなかったみたいだ。

「ア、アルフィス様が闇魔法を？」

「あの歳《とし》で魔力を……しかも属性魔法を使いこなしているなんて……」

ギリウムは魔法の類はあまり得意じゃなかったはずだ。

今みたいに単純な魔力強化は使えるみたいだけど、基本的には物理一辺倒だった。それが悪いとは言わないけど、使役している魔物ありきな強さだったのは否めない。

「ク、クソがぁ！」

「降参しないのか？」

「誰がするかッ！」

「はぁ……だったらそうしたくなるようにもう一つだけ見せてやるよ」

オレは体の奥から魔力以外のものを引き出した。木剣に浴びせたのは波動《はどう》だ。オレが生まれた時に母親のリーザニアが力強い波動を感じていた。

これは本来人間が内に秘めている本質の力といっていい。人によって性質は異なるけどオレの波動は破壊だ。これを引き出せるようになったのはつい最近で、今のオレじゃほんの少しの時間しか持続できない。

この世界において波動を操《あやつ》れるのはほんの一握りの者のみ、バルフォント家でも両親の他は長男と長女のみだ。

「な、なんだよ、それ……木剣に闇と……違う何かが混ざっている……」

「今のオレじゃあまり長くはもたないんでな。ひとまず終わらせてやるよ」

「ひ、ひぃっ⁉」

完全に怯《おび》えたギリウムがへっぴり腰で木剣を盾代わりにして防ごうとした。オレの闇と破壊の波動を帯びた木剣がそれに叩《たた》き込《こ》まれる。

その結果、ギリウムの木剣がバキリと音を立てて割れてしまった。

「あぁ！　ひぁぁ！　なんだ、なんだよこれぇ⁉」

「オレの波動は破壊。この木剣にはあらゆるものを破壊する力がある。つまりどういうことか、わかるか？」

「や、やめろ！　クソが！　やめてくれぇ！」

「嫌だ」

オレは木剣をギリウムに当てた。腹に木剣が食い込んで、ギリウムは盛大に血を吐き出して吹っ飛ぶ。

倒れた際にもう一度だけごふっと血を吹いたギリウムは動かなくなった。

「ウソだよ。波動は解除して叩いたから安心……あれ？　参ったが聞こえないな？　じゃあ止《とど》めを刺すしかないかな？」

「そこまでだ。勝負はあった」

レオルグがオレを厳しい目つきで見下ろす。なんですか、世界王。

「アルフィス、そんなものどこで覚えた？」

「自力だよ。たまたま発見してさ。それより約束を守ってほしい」

「あぁ、あの天使族の少女だな。おい」

レオルグに呼ばれて、戦いを見守っていたルーシェルがおそるおそるオレに近づいてきた。なんかモジモジしてるけど、トイレでもいきたいのか？

「あ、あの、アルフィス、様……あ、ありがと、ございます……」

「なんかやけにしおらしいな？」

確かめちゃくちゃ生意気なキャラだったよな、こいつ。まぁおとなしくしてくれるならそれに越したことはないか。

何はともあれ天使族の少女ルーシェルを解放するにはテイム状態を解除してやる必要がある。テイムのスキルで捕らえた魔物は身も心も支配下に置かれてしまう。基本的にマスターに逆らうことはなくなるけど、このルーシェルは特別みたいだ。

そもそも限りなく人間に近いこのルーシェルをテイムできたこと自体が少し驚く。ゲームでは一応ボスとして立ちはだかったから、分類的には魔物なんだろう。

それでも心まで支配下に置けなかったのはやっぱりこいつが特別な存在だからと予想する。

「おい、ギリウム。起きろ。ルーシェルを解放しろ」

「うぅ……い、いでぇ……うげっ……」

「クッソ、こりゃ重症か？　誰か、こいつを回復してやってくれないか？」

自分でやっておきながらなかなかのダメージだと思った。

オレが呼びかけると姉のミレイがやってくる。三角帽子を被り、水色の長髪が特徴の長女ミレイ。ゲーム中、アルフィスの次に強敵と言われていたな。得意属性は水だけど回復魔法も使えたはずだ。

そんな姉は妖艶な雰囲気を漂わせてオレに微笑みかける。そして唇を近づけてきた。

「はい、ちゅー」

「ちゅーじゃないんだわ」

「昔はよくしてくれたじゃない」

「強引《ごういん》にな」

そう、この姉は極度のブラコンだ。隙あらばオレのベッドに潜り込んでくるわ、風呂《ふろ》上がりのところを待ち構えているわ。

ドアを開けて部屋から出た瞬間にちゅーされるわ、通り魔みたいな奴だ。

そんな姉だけど下手したら長男より強いから逆らえないんだよな。少なくとも今のオレじゃ絶対に勝てない。通常の状態でも漏《も》れ出る波動がまるで肌に突き刺さるようだ。

「恥ずかしがり屋さんねぇ。じゃあ、ほっぺでいいのよ？」

「はいはい、ちゅっと」

「きゃっ！　アルフィスったら甘えん坊さんなんだからー！」

「マジで早く頼む」

たまらなく嫌だけどこれで上機嫌になるなら安いもんか。

ミレイ姉ちゃんは起き上がれないギリウムに回復魔法をかけた。

「う……ミレイ姉さん、ありが……ごはぁッ！」

「とっととあの子を解放しなさい」

ミレイ姉ちゃんは容赦なくギリウムに腹パンをした。回復したのにまた怪我《けが》を負わせる気か。

「う、うぅ……リ、リリース……」

ギリウムがルーシェルに手の平を向けてそう呟く。すると途端にルーシェルが白い翼を羽ばたかせたと思ったらギリウムを蹴り上げた。

「ぐはァッ！」

「よくもボクを強引にテイムしてくれたね。テイム中は逆らえなかったけど今なら殺れるよ？」

「待て、ルーシェル。そんなのでも一応肉親だ」

「はいっ、アルフィス様っ！」

なんだ、この態度の変わりようは？　確かこいつ、すげぇ憎たらしいキャラだったはずだが？

翼をパタパタと動かしてオレの傍《かたわ》らに寄ってくる。

「アルフィス様、ボクのために戦ってくれてありがとうございます！　強くて優しくてとーっても好きになりました！」

「そうか、それはよかった」

「これからはアルフィス様に忠誠を誓いますので何なりとお申し付けください！」

「じゃあ、オレの手下として働いてもらうぞ」

「手下だなんてそんな……下僕、いや、メスガキでもいいんですよ？」

もうなんでもいい。本当は手下だなんて偉そうなことは言いたくないけど、今のオレはバルフォント家のアルフィスだ。

相応の振る舞いをして舐められないようにしないといけない。何よりアルフィスらしく演じ

るのも楽しそうだからな。

「チクショウ……この俺がアルフィスなんかに……何かの間違いだッ！」

ギリウムが激高して叫んだ。オレを睨みつけて、つかつかと歩いてくる。

「アルフィス、もう一度勝負だ！　まぐれで闇魔法だの波動だの！」

「まぐれでそんなもん出せるわけないだろ。見苦しいぞ」

「知ってりゃ対策できていた！　次はねぇぞ！」

「その勝負をオレが受ける義理なんかあるか？　まずオレに何の旨味《うまみ》があるんだよ」

そりゃ手の内をわかってりゃ対策はできるだろう。ゲームと同じだ。だけど本来は殺せた試合でそれを言われたら、さすがにイラつくな。

これから先、ネチネチと絡まれるのも面倒だな。それならいっそ――

「そこまでだ」

今まで黙っていたレオルグが口を開く。その途端、誰もが凍り付いたように動けなくなったのを感じた。レオルグの体から放たれているのは波動だ。あいつの波動の質は恐怖、生物の本能を縛り付けるクソ厄介な特性を持つ。

「ギリウム、アルフィスの言う通りだ。お前は今の戦いで死んだ」

「ち、父上。しかしアルフィスの奴があんな隠し玉を持っているなんて知らなくて……」

「それはアルフィスとて同じだ。お前の手の内など知らんだろう」

「で、でも！」

ギリウムが次の言い訳を口にしようとした時だった。体を硬直させてガチガチと震え始める。レオルグの波動を受けて身動き一つとれず、涙を流し始めた。

逆らうのは得策じゃないぞ、ギリウム。そのうちオレのほうが強くなるだろうけど今は誰も勝てない最強の男だからな。

「お前の家名はバルフォントだ。これ以上、私を失望させるな」

「は、は、い……」

ギリウムがペタンと尻餅《しりもち》をついた後、床に液体が広がった。失禁しやがったな。無理もない。あいつがここまで見苦しい奴だったとは思わなかった。

レオルグがオレの前に立つ。でかい体で見下ろされると、なかなかの迫力だな。さすが未来の世界王。

「アルフィス、期待しているぞ」

「はい」

オレが素直に返事をするとレオルグは満足そうに笑みを浮かべた。手駒としてのオレの活躍を期待してるんだろうけど、場合によってはお前も倒すことになる。

何せお前の波動や魔法に至るまで、すべて攻略法を知ってるんだからな。オレはお前を超えて最強を目指す。

＊＊＊

「アルフィス様、今日はどこへ行くんですか？」

「山だ」

オレがルーシェルに簡潔に伝えると小首を傾《かし》げた。

バルフォント家からそう遠くない場所にジムル山脈というものがある。あそこはストーリー終盤に訪れる場所だが、そう奥へ行かなければ今のオレでも魔物を倒せないこともない。もちろん戦い方を考えて対策をしっかりした前提での話になる。

例えば主人公がオレと同じ強さであそこに入っても入り口で全滅するのは確実だ。今のオレには闇魔法がある。こいつをうまく使って鍛えようというわけだ。

「山！　いいですねぇ！　お弁当作りますね！」

「いらん。現地調達でいい。余計な手荷物は邪魔なだけだ」

「えぇー？　つまんない……」

「遊びに行くんじゃないぞ。お前にも強くなってもらわないと困る」

「ボ、ボクに強くなってって……そ、それってまさか……」

なんか勘違いしているけど、オレに忠誠を誓うなら相応に強くなってもらいたいだけだ。ザコを連れて歩くだけ無駄だからな。でもこいつは最強の隠しボス、素質は十分だ。

「ア、アルフィス様……ボ、ボク、強くなりますね」

「その意気だ」

やる気を出してくれたなら問題ない。

さっそく屋敷を出てジムル山脈へ向かうこと半日以上、着いたのは昼過ぎだった。山への入り口にいる時点で魔物の鳴き声が聞こえてくる。

遠くから感じる波動からして屋敷周辺にいたザコとは訳が違うな。そうとなればのぼせ上がっているこの天使にも気合いを入れてもらわないといけない。

オレはルーシェルの背中をパンと叩いた。

「わぁおっ！」

「行くぞ」

「ボ、ボディータッチ……えへへ……」

「……本当に気を引き締めろよ？」

「はぁい」

ジムル山脈に入るとほどなくして魔物と遭遇《エンカウント》した。敵はクレセントベア、要するにツキノワグマじゃねえかと思うけど爪《つめ》が三日月状になっている。今のオレじゃ一撃で殺されてしまうほどの強敵だ。

「あわわ！　あーわわわわ！　ア、アルフィス様！　に、逃げにゃいと！」

「こいつを倒せば大量の経験値が入るぞ。それ、ダークスモッグ」

オレがツキノワグマ、じゃなくてクレセントベアに放ったのはギリウムに目くらましをした闇魔法だ。

こいつの攻撃力は凄まじいけど暗闇《くらやみ》耐性がほぼゼロなので、うまくいけばオレ達の実力でも倒せる。

「よし！　総攻撃だ！」

「えぇえ！　ボクもですかぁ！」

「当たり前だ！」

オレが斬り込んでルーシェルが弓で攻撃する。そう、ルーシェルの得意武器は弓だ。それなのにあのギリウムのアホは小剣なんか持たせやがって。

ゲーム知識がないとこういうのがわからないのは仕方ない。だけどちゃんとメンバーを見極めるということをしないと、いくら育成しても時間の無駄だ。

特にあのギリウムは大量の魔物をテイムするだけテイムし、従えて満足しているだけだった。

「ゴアァァ……！」

「ふぅ……倒せたな」

「よっしゃあぁ！　見たか！　このざぁこ！」

なんとか格上を倒すことができたか。正直に言ってかなりヒヤっとしたけど武器の扱いや魔法、波動の扱いなんかはこうやって戦いの中で覚えていく。いわゆる経験値ってやつだな。

初心者がプロのスポーツ選手とガチで戦っても何の経験値も得られないように、物事には順序がある。少しずつ程よい相手と戦って慣れていくことでステップアップが可能だ。

ゲームみたいに数値化されていないからわからないけど、確実に経験値が溜《た》まっているのがわかる。屋敷の訓練場で戦っていたらこうはいかなかったな。

それはこのルーシェルにも言えることだ。弓の扱いだけじゃなくてこいつは光魔法も扱える。オレとは対極の属性を扱えるのはマジでありがたい。

「ルーシェル、光魔法も積極的に使っていけ」

「へ？　なんでボクが光魔法を使えるって知ってるんですか？」

「ただの勘だ。天使の翼を生やした奴なんだからそれくらい使えるだろう」

「そうなんですね！　さすがアルフィス様！」

思いの他、バカで助かった。何が天使の翼を生やした奴だから、だよ。無理筋だろう。でもこれなら扱いやすい。

「アルフィス様！　この調子でこの山の魔物を全滅させましょう！」

「それは無理だ。今のクレセントベアはわかりやすい弱点があったが、魔物全部がそうじゃない」

「そ、そーなんですか？　というかアルフィス様、やけにお詳しいですね……そういえばボクの名前も知っていましたけど……」

「余計なことは考えるな。引き続き敵を選んで戦っていくぞ」

転生者だからな、とはさすがに言えない。こいつならなんとなく受け入れてくれそうな気もするけど、口が軽そうだからな。それ以前に単純に説明がめんどくさいのでスルーだ。

この後、オレ達はクレセントベアのみを狙《ねら》っていく。最初の時は一発で死にかねなかったけど、それもレベルが上がるごとに余裕が出てくる。

それとこいつは経験値だけじゃなくて肉がなかなかいけることがわかった。食料はこうやって現地調達するだけで事足りる。

「あのカマキリみたいなの強そうですね……」

「ブラッドマンティスはやばい。見つからないように逃げるぞ」

あいつは暗闇耐性がそこそこある上にクレセントベア以上の攻撃力がある。一撃で戦闘不能になるデスシックルは今のオレでは対策ができない。

波動を使いこなせばチャンスがありそうだけど、これも今のオレでは短時間しか持続できない。できないだらけなのは歯がゆいけど、だからこそ楽しい。

山に入って一日目の夜、ようやく体を休めることにした。

「ふむ、今日だけでだいぶ強くなれた気がする」

「ボクもコツを掴《つか》んできましたよ！」

「そういえばお前、波動はまだ使えないんだよな？」

「はどー？」

「魔力とは別の力といえばいいか。誰しも持っているものだけど、それを意図的に引き出せる奴はごくわずかだ。明日からはそこを重点的に意識してもらうぞ」

ルーシェルが頭の上にハテナマークを浮かべている。

こんなとぼけた仕草をしているけど、隠しボス戦の時は波動全開で多くのプレイヤーを絶望に叩き落とした。こいつの波動の質は再生、オレとは対になるものだ。

「はどーですかぁ！　アルフィス様が言うならボクがんばっちゃいます！」

「あぁ、頼むぞ。最終日この山にあるアレを取りにいく」

「アレ？」

そう、これこそが本当の目的といっていい。このジムル山脈に眠る魔剣ディスバレイド、最強の隠し武器の一つだけどもちろん簡単には手に入らない。当然のごとく番人を倒す必要がある。

ルーシェルほどじゃないけど、あいつもクソボスと言われるほどの難敵だったはずだ。

＊　＊　＊

山籠もりして二ヵ月余り、オレ達はとある祠《ほこら》の前にいた。いや、厳密には祠とは言い難《がた》い外観だ。一見して単なる崖の下だけど、この中に祠がある。

オレは勢いよく剣を鞘から抜いた。岩壁が綺麗《きれい》に十文字に斬られてガラガラと音を立てて崩れる。

その奥には格式が高そうな石造りの扉が見えた。

「アルフィス様、こ、これは？」

「フフフ、やっぱりあったな。行くぞ」

慌てるルーシェルをよそにオレは祠の扉に両手を当てて押した。重い扉が開いてそこにあったのは人工的に作られた城の一室のような部屋だ。

古びた赤い布が被《かぶ》せられた台座の上に一本の剣が横向きに置かれている。

「ここは古代エルディア帝国の城跡だ」

「エ、エルディアってあの大陸を制覇したとかいう……」

「魔導軍事技術によって圧倒的武力を誇り、中には一夜にして滅ぼされた国もあったという。その傍らで人々は便利な魔道具で、今では考えられない生活をしていたそうだ」

「城跡がなんでこんなところに残ってるんですか……？」

オレは魔剣に近づいて観察した。他の調度品は損傷がひどいものの、この魔剣だけは時を忘れたようにそこに存在している。

　それはそうだろう。本当に恐ろしいのはエルディア帝国なんかじゃない。

「その栄華の実体はたった一本の魔剣によって支えられていたという」

「……え？」

「魔剣ディスバレイド。手にしたものは世の覇王となり、支配の器を手にする。神に届く力を身に宿した皇帝は見事一大帝国を築き上げた」

「そ、そそそ、そーんなすっごい魔剣を、ど、どーされるおつもりですかぁ？」

「さて、どうすると思う？」

　オレがニヤリと笑うとルーシェルが体をブルっと震わせた。震えてはいるが、こいつもディスバレイドに宿る者と同等の力を持つ資質があるんだけどな。今では想像できないのも無理はないか。

「世の覇王となったエルディアの皇帝だがある日、突如として倒れてしまう。原因不明の死だった。帝国内では後継者問題も立ち行かなくなるどころか、そこから数年ほどで衰退してしまう」

「なんで、ですか？」

「急速に弱体化したエルディア帝国内では相次いで事故が勃発した。開発実験段階だった巨大魔導具実験の失敗による大爆発《ばくはつ》など……。加えてここぞとばかりに周辺国が連合してエルディア帝国を攻めた。事故の対応もおぼつかないままエルディア帝国は成す術もなく攻め滅ぼされてしまった」

「ひえぇぇ……呆気《あっけ》ないですねぇ」

「屋敷で使われている火を起こす魔道具なんかもエルディア帝国の遺産と言われている。その技術と知恵はしっかりと今でも息づいているわけだな」

オレは鞘に収まっている魔剣に触れた。その途端、闇の瘴気が部屋中に広がる。

――幾年ぶりか。我を欲する愚者が現れようとは。

「しゃあぁぁべったぁぁ！」

「いちいちリアクションがでかいぞ。魔剣なんだから喋《しゃべ》るだろう」

「そーなんですかぁ⁉」

ルーシェルの奴、強い相手にはへりくだるけど得体の知れない奴や格上にはこれだからな。

隠しボスとして登場した時なんかそりゃひどかったな。

まぁそんな奴だからかわいいところもある。今はオレの後ろに隠れて服をガッシリと掴んでいた。

「魔剣ディスバレイド。お前を所有してやるオレが来てやったぞ」

――ほう、これは愚者ではないな。愚者ですらない。ただの阿呆だ。

「言うじゃないか。お前はその気まぐれでかつて帝国を滅ぼしたんだよな」

——少しは知っているようだが何者だ？

魔剣から次第に闇の瘴気が漏れ出る。オレの手から腕、肩まで包み込んで少しずつ体が動かなくなっているのを感じた。

「アルフィス様、どういうことですか⁉」

「魔剣ディスバレイドは所有者に愛想がつきると災いをもたらす。例えば事故を頻発させたり、国境警備隊が謎《なぞ》の疫病で苦しんだりとかな」

「じゃあエルディアの皇帝は魔剣に嫌われたんですか？」

「そういうことになるな。当初は皇帝を気に入った魔剣だが次第に欲と金に溺れて凡人化していくその姿に呆《あき》れたんだろう。皇帝の体は闇に覆われて様々な病に冒されて死んだ。今のオレがやられているようにな」

「ちょ！　アルフィス様！　手を離してくださいってぇ！」

そうは言ってもすでに離してくれる気配がない。オレは魔剣を握ったまま波動を展開した。

——これは波動か。なつかしい。

「ディスバレイドよ。オレを主と認めろ」

——我を手にして何を成す？

「この世界を攻略する」

——攻略だと？

「すべてを凌駕《りょうが》する。剣を手にする人間にそれ以上の野心が必要か？」

魔剣から更なる闇の瘴気が放たれてオレの全身を覆いつくさんばかりだ。

体が痺《しび》れて呼吸が乱れる。眩暈《めまい》、頭痛、吐き気、あらゆる苦痛がすべて襲ってきた。

――下らぬ。かつての主《あるじ》は欲に溺れた。すべてを手にしたところで人は堕落する。

「そ、そんなザコと一緒にするなよ……」

――そなたは違うと言うのか？

「見ろ、かつての主とやらは……ここまで耐えてみせたか……？」

――我の力に触れても正気を保っていられるとはな。何者だ？

「バルフォント家のアルフィス……」

ハッキリ言ってまともにやりあったら勝ち目なんてない。

唯一希望があるとしたらオレの闇耐性だ。このディスバレイドに宿る奴の攻撃は大半が闇属性で、耐性を固めてしまえばかなり攻略が楽になる。

だからオレの闇耐性を活かして、戦いに突入する流れを避けつつ根性を見せなきゃいけない。

こいつが魔剣から姿を現して顕現してしまえば終わるからな。

「ぐあぁぁ……！」

――フ、いいだろう。

オレの体が急に楽になる。手足を動かせるようになり、魔剣が浮いてオレの両手の上にふわりと乗った。

――少々退屈していたところだ。そなたを所有者として認めてやろう。

「あぁ、よろしく頼む」

――しかし忘れるな。少しでも退屈と感じたらその身と共にすべてを滅ぼす。

「それはそれで楽しみだな。その頃にはオレがお前を凌駕しているだろうよ」

――……面白《おもしろ》い少年だ。

魔剣ディスバレイドは鞘ごとオレの腰に装着された。今のところ二刀流になっているが、これはこれで悪くないな。場合によっては戦闘スタイルを変えてもいいかもしれない。

「あわわーわ！　アルフィス様が、ま、魔剣に認められちゃいました……」

「もうここには用はない。出るぞ。次は……」

踵を返して祠から出ようとした時、衝撃音が聞こえた。祠全体が揺れてパラパラと土が落ちてくる。

「見たぞぉ！　アルフィスの奴、こんなところに隠れてんぞぉ！」

「ギリウム様の言った通りだ！　おい！　ルーシェルもいるんだろ！　出てこいやぁ！」

一難去ってまた一難か。どうやらギリウムのアホ助が手下の魔物をよこしてきたな。オレがこの山にいるってよくわかったもんだ。兄ながら本当にキモい変態粘着ストーカー野郎だよ。

祠の外に出ると予想以上の数の魔物が勢揃《ぞろ》いしていた。ざっと見て20匹以上はいるな。これもしかしてギリウムの手持ちの魔物全部なんじゃないか？　悪魔系や獣系がほとんどで、どれも序盤を抜けた頃に出現する魔物ばかりだ。

ギリウムは10歳だけど年齢にしては強い魔物を揃えているな。さすが腐ってもバルフォント家の次男か。それにしてもオレがよっぽど気に入らないのか知らんけど、ここまでするか？

「ゲゲゲッ！　出てきた出てきた！　ギリウム様に逆らうガキがよ！」

「おい！　ルーシェルの奴はオレがいただくぜ！　クソ生意気な天使族の悲鳴を直《じか》に聞きたいんだからな！」

こいつらは全部テイムによってギリウムの支配下に置かれていた。心からギリウムに忠誠を誓うようになっている。

そう考えるとRPGで魔物を仲間にするシステムってなかなかえげつないな。ルーシェルは心こそ支配されなかったものの、基本的に逆らえない状態だったんだろう。そうでないといくらでも逃げようと思えば逃げられるからな。

「お前ら、あのギリウムにオレ達を殺すよう言いつけられたんだろう？」

「ギリウム様はお前が気に入らないと仰《おっしゃ》っている。悪く思うなよぉ？」

ヒヒヒと笑う魔物はかなり自信に満ちている。まぁしょせん序盤に出てくるザコなら実力差がわからないのも仕方ないか。ここに辿《たど》りつけたのもたまたま他の魔物に見つからなかっただけだろう。

「あのガキが持っている剣は？　ギリウム様が持っているのと違うな？」

「どうせ大したもんじゃないだろぉ。ギリウム様への手土産にしちゃしょぼいけど、しゃーねぇ」

まったく流暢に喋って貶《けな》してくれるな。こいつら下級の魔物に魔剣の価値なんかわかるわけもないだろうが。

「アルフィス様、ここはボクにお任せください。あのクソ不細工な豚悪魔の脳天を矢でぶち抜いてやります」

「オレもやる。せっかくの魔剣を試し切りしたいと思っていたところだ」

ルーシェルは二ヵ月前とは違ってすっかり実力と自信をつけている。さすがの資質だけあってメキメキと強くなった。本当にたった一人で全滅させてしまいかねない。

「おい！　ルーシェル！　なんつった！　おめぇなんつったぁ！」

「頭だけじゃなくて耳も悪いのー？　クソ不細工な豚悪魔って言ったんだよ、ばぁか」

「このッ！　お前をぐちゃぐちゃにしてギリウム様の前に差し出してやんよぉ！」

豚悪魔ことデビルオークがダッシュして向かってきた。デビルオーク、そこそこ耐久力があって厄介な相手だ。更に攻撃魔法も使いこなすから、初遭遇時は大体苦戦するだろう。主人公だったらな。

「ライトニングアローッ！」

「ぶごぉっ！」

ルーシェルの光の矢がデビルオークの頭部を貫く。光属性はあいつの弱点だから即死は当然だろう。

どしゃりと倒れたデビルオークを見た魔物達がどよめいている。

「ル、ルーシェルが、ウソだろ？　ぎゃあぁッ！」

「びびって逃げる相談するなら最初のうちにしておきなよ、ざぁこ」

さすがルーシェル、浮足立った敵に間髪入れず追撃を入れてもう一匹倒したな。翼で悠々と飛んで敵を撃ち抜けるのは普通に強い。あれはオレにはないアドバンテージだ。

「クソォ！　魔法で撃ち落とせぇ！」

「おいおい、少しはオレの相手もしてくれよ」

「ガ、アッ……！」

魔剣を振るうとそこにいた魔物が闇にかき消されるようにして消し飛ぶ。

斬り心地というか、手ごたえがなさすぎて怖いな。

などと自惚れていると、魔剣から何かがもくもくと出てくる。

「わらわの使い心地はどうじゃ？」

「強すぎて逆に実感がわかないな。手に馴染みすぎる」

なんか当然のように出てきたのはディスバレイドに宿っている魔神だ。黒髪で和服の少女で、

普段は威厳を見せつけたくて尊大な喋り方をしている。

戦闘に突入するとこの姿で戦うんだけど見た目に反してクッソ強いんだよな。

「それはよかった。どうもわらわとそなたは想像以上に相性がいいらしいのう。ところで何か突っ込むことはないかの？」

「気が散ってうるさいから引っ込んでいてくれってところかな」

「つれないのう。言っておくがわらわの力はこんなものではないぞ。そなたの今の実力に合わせて抑えられているだけということを忘れるでない」

「わかってるよ」

なかなかおしゃべりな魔剣だけど力は確かだ。迸《ほとばし》る闇の魔力がオレに力を与えてくれる。

そう、こいつの効果は闇属性攻撃の効果を飛躍的に高めてくれるというものだ。ゲームをプレイしていた時も、これアルフィスが持ったら強そうだなとぼんやり考えていた。それがまさかこんな形で実現できるとは、まるで夢のようだ。

「おい！　どんどん殺されていくぞ！　勝てねぇ！　逃げ……」

「そう急ぐ必要もないだろう。カース」

逃げの一手に出た魔物に呪《のろ》いをかける闇魔法カースをかけた。呪い効果は様々な効果をおよぼすが、今回はその体が硬直して動かなくなったようだ。

「う、うご、うごけっ……な……い……！」

「新たに覚えた魔法の味はどうだ？　お前がちょうどいい」

「ちょうど、いいって……」

「ギリウムへの手土産だ。不細工だが生首の一つでも持っていってやれば、さすがにあのアホも思い知るだろう」

「ひぃっ！　や、やめてくれぇ！　悪かった！　わるッ」

オレはそいつの首を切断して地面に転がした。

「やばい！　殺されるぅーー！」

「こんなの聞いてねぇよぉ！」

「ギリウム様ァ！」

魔物達が一斉に逃げ出したところでオレは追撃を開始した。闇の魔力を全開にして一閃。

「げはぁっ！」

「うがっ……！」

「つよ、す、ぎる……」

魔物達が魔剣によって真横に真っ二つになった。魔剣を持つ前とは段違いの力だな。これは確かに魔剣の力に溺れてしまう人間がいるのも頷ける。

「ウソだ！　なんで人間ごときに！」

「誰がごときだってー？」

ルーシェルが次々と上空から背後を貫く。こりゃ一匹も逃がすつもりはないな。

「アルフィス様にごときってさぁ！　許せない！　ごときってさぁ！」

「おい、ルーシェル。程々にしておけよ」

「ごときってなんなのさぁ！　ばぁか！　ざぁこ！」

「……聞いてないな、こりゃ」

こりゃ怖い。さっそく本性を出したってところか？

命乞いの言葉も聞かず、ルーシェルは魔物を残さず撃つ。

「ル、ルーシェル！　俺が悪かった！　お前の下につくからこごぉッ……」

ルーシェルが最後の一匹に止めを刺した。羽ばたく翼が天に舞い、それはどちらかというと悪魔にも見える。

「なんか言ったー？」

ううむ、本当にいい拾いものをしたよ。

＊　＊　＊

アルフィスへの捜索部隊の魔物を放ってから二ヵ月、ギリウムこと俺は戦々恐々としていた。手下がアルフィスを見つけ出せたのか、それだけが気がかりだ。訓練にも身が入らず、兄上にボコられる日々を送っている。クソッ、あの兄上は強すぎるんだよ。まるで魔神の化身ともいうべき強さだ。

本来ならアルフィスも訓練に参加すべきだが、あいつは一度として訓練場に来たことがない。父上はそれを咎めようともしないし、母上も同じだ。特に父上はあいつに期待しているなんて言っていた。

俺でさえそんなことを言われたことがない。ミレイ姉さんに至っては自主的な行動とかほざいて褒めてやがる。

「クソッ！　手下どもは何をしてやがる！　そろそろ戻ってきてもいいはずだ！」

俺は自室の壁を叩いた。気に入らねぇ。なんであのアルフィスばっかり評価されやがるんだ。俺には兄弟の誰も持ち得ないテイマーのスキルがあるってのによ。俺はこいつを使って密かに最強の軍団を作り上げようとしている。

今は父上にも秘密にしているが、城を建設中だ。そこを拠点にして俺はいずれ大陸を制覇する。王国なんてチンケなもんじゃねぇ。大陸の覇者だ。かつてのエルディアの皇帝のようにな。ギリウム帝国を築き上げてしまえば、バルフォント家がどうとかの次元じゃない。万単位の魔物の大軍をもって各国を攻める。万だぜ、万。こんな数を止められる勢力がどこにあるってんだ？

大体父上や兄上は甘すぎる。こんな王国、玉座ごと乗っ取ってやりゃいいものを。なんで裏方みたいなことをいつまでもやってんだか。だから二大貴族なんてものに当てはめられるんだ。頂点は常に一つだろう。

やっぱり男として生まれたからには夢はでかくもってこそってもんだ。その点、俺には巨大帝国を築くだけの資質がある。俺のスキルは父上や母上、兄上やミレイ姉さんにもないものだ。あのアルフィスに至っては何のスキルもない、はずだった。

あの歳で魔力どころか波動を扱っているなんて、どう考えてもおかしい。俺でさえ波動なんて扱うどころか感じることすらできないってのによ。

あいつはどうにもおかしい。おかげで屋敷内でのあいつの評価が上がってやがる。天才だの神童だの、いずれは兄上や姉どころか父を超えるだの甘やかしすぎだ。

気に入らねぇ。それにしても魔物ども遅いな。お、誰かノックしやがったな。父上か？

「入っていい……」

「そうか。じゃあ遠慮なく失礼するぞ」

「ぞ……」

ドアを開けて入ってきたのはアルフィスだ。その手に俺の手下の首を持っている。

＊＊＊

俺が手下の魔物の首を持って部屋に入ると、ギリウムが腰を抜かしそうになる。そこまで驚かすつもりはなかったんだけど、よっぽど手下に自信があったんだな。

「ア、アルフィス！　て、てめぇ、なんだ、そりゃ⁉」

「なんだとは冷たいな。お前の自慢の手下の顔を忘れたか？　よく見ろ」

「ううぅ！　なんでお前が、お前が倒したわけじゃ、ねぇよなぁ⁉」

「ミレイ姉ちゃんに倒してもらったよ」

その言葉を聞いてギリウムがホッとしたように見えた。こいつにそのブラックデーモンを倒せるわけがないと安心したな。たぶんこいつの手下の中で一番強いブラックデーモンだからな。

「いや、ウソだよ。信じた？」

「ウソ、だとぉ……！」

「仮にそうだとしたら、だぞ。オレのことが大好きなミレイ姉ちゃんがお前をどうにかしてしまうだろうな」

「じゃあ、じゃあそいつはお前が倒したってのかよ！　冗談かよ⁉」

ギリウムがヘナヘナと座り込んでしまった。あれだけ粋《いき》がっていた奴が今や末っ子にびびりまくりだ。

いい薬になっただろう、と言いたいところだけどそれじゃわざわざこの生首を持ってきた意味がない。

「なぁ、ギリウム兄さん。この前の決闘で決着はついたよな？　そんなに悔しかったか？」

「い、いや……それは……」

「ギリウム兄さんがオレを嫌いなのはどうでもいいんだけどさ。こう頻繁にちょっかいをかけられちゃたまらないんだよね」

「う、そ、そ、そう、か……」

そうか、じゃないんだよ。オレは魔剣を抜いてギリウムに突きつけた。あれはあれでいい経験になったけど、さすがに命を狙われて穏便に済ますってのもな。

現在、屋敷内での評価は長男＞姉＞オレ＞＞超えられない壁＞＞ギリウムとなっている。つまり今回のこいつのやらかしを父親のレオルグに報告したらどうなるか？

考えるまでもない。ただそんなダサい真似はしたくない。オレはこの世界を攻略すると決めたんだ。自分の障害は自分で取り除く。こんな風にな、とばかりにオレはギリウムの首筋に剣先を近づけた。

「そ、その剣は……」

「ただの魔剣だよ」

「持ち手を選ぶ魔剣がお前なんかに……ありえない……」

「それより立場わかってるか？」

オレは刃をより首筋に近づけた。少し力を入れたらこいつの命は消える。

「ひぃぃ！　ま、待てぇ！　頼む！　落ち着いて話し合おう！　な？」

「あぁ、オレは落ち着いてるよ。冷静にここで兄さんを殺せる」

「や、やめろぉ！　誰か……」

ギリウムの背後にあるテーブルを真っ二つにした。

闇に飲み込まれるように消えるテーブルを視界に入れたギリウムがたぶん人生二度目の失禁をしてしまう。

「ごめん、ちょっと手が滑った。まだうまく扱えなくてなぁ」

「や、や、やめてくれ、悪かった……もうちょっかいかけないからぁ……」

「そうは言ってもなぁ。お前、平然とウソつくじゃん。主人公の仲間を人質にとってアイテムを持ってこさせておきながら約束を破るとかさぁ」

「な、なんのことだ……」

うっかりゲーム中のイベントを口にしてしまった。約束破りについてはアルフィスのほうが外道だけどな。

「んー、殺してもいいんだけどさすがに父さんと母さんになんて言われるか……」

「そう、そうだ！　だから」

「土下座」

「え？」

「手をついて謝ってくれ。『アルフィス様と関係者には二度と手を出しません。俺なんぞ蛆虫《うじむし》が逆らうなど愚かでした』ってね」

「で、で、できるかッ！」

さすがのギリウムもプライドがあるようで、即実行しなかった。

オレが魔剣を振り上げると途端に態度を一変させて土下座を実行する。

「ア、アルフィス様と関係者には二度と手を出しません！　俺なんぞ蛆虫が逆らうなど愚かでしたぁ！」

「よくできた。今日のことは一生忘れないだろうよ」

頭を上げたギリウムの顔をオレは思いっきり蹴り上げた。

「ぐぁっ！」

「これで勘弁してやるよ。後はミレイ姉ちゃんにバレないよう祈るんだな」

「ひっ、ひぃ……えぐっ……ひぐっ……」

ギリウムが後ろの壁に頭を打ち付けてからグジグジと泣いた。こんなのが天下のバルフォント家の一員か。まぁでもこいつ、実質最弱だしなぁ。

＊　＊　＊

「ヴァイドにミレイ、久しぶりに話をしないか？」

深夜、私がリビングで腰を落ち着けているとちょうど二人が入ってきた。

口数が少ない長男のヴァイドは無言でソファーに座り、ミレイは厨房から持ってきたジュースをラッパ飲みしている。

いくら家族とはいえ、私相手にこの傍若無人ぶりを発揮できるのはミレイくらいだろうな。

「あーーっ！　おいしっ！」

「もう少し味わって飲め」

「お父様こそ、そんな酒でチビチビやるなんてよっぽど機嫌がいいのね」

「確かに悪い気分ではないな」

確かに私は機嫌がいいといつもいい酒を飲む。こんな気分になったのはいつ以来だろうか？

ヴァイドやミレイ、ギリウムが生まれた時か？

下らん、たかが子が生まれたくらいでこの私がそこまで舞い上がるわけがない。

ヴァイドがわずか9歳にして初任務を達成した時か？　あの泣き虫だったミレイが8歳で初めて人を殺せた時か？　今年に入ってギリウムが手下の魔物で反王国勢力が潜むアジトを壊滅させた時か？

それに比べたら今は何があるというのか。そう思いたいところだが、原因はあのアルフィスだろう。

「アルフィスのことか」

「珍しく口を開いたと思えば鋭いな、ヴァイド」

「あなたは嬉しい時、必ず指で髭《ひげ》を触る癖《くせ》がある」

「……さすがの鋭さだ」

ヴァイドは口数は少ないが、その眼力だけなら私をも上回るだろう。戦いにおいても敵のわずかな甘えを許さず徹底して追い込む。

閃光の瞬き、鬼神、剣聖、たった一人でこれほどの異名を持つ男など他に知らん。敵国の部隊をたった一人で汗一つかかずに壊滅させて、その足で玉座にまで乗り込んで国王を屈服させたのだからな。

ここ最近で新たについた異名は国崩《くにくず》しだったか。現時点でこの私がもっとも敵に回したくない男でもある。我が息子ながらとんだ化け物に育ったものよ。

「アルフィスねー、かわいいもんね！　この前、天井《てんじょう》から奇襲キスをしたけど見事にかわされちゃったもの！」

「お前はそんなことをする暇があるなら少しは手持ちの魔法研究所の管理をしたらどうだ？」

「あそこはもう私がいなくてもやっていけるわよ。金塊を精製して腹が出っ張ったおじさん達にプレゼントしてあげたら大喜びだったわ」

「創成の魔女、それがお前の異名だったな。その気になればたった一人で市場を操作できるだろう」

ここに揃っている我が息子と娘はたった一人で国の命運を左右できるほどの逸材だ。バルフォント家は代々そのような素質に恵まれた人間を生み出している。今や国王も私の顔を見るなり揉み手でもてなす。

その気になれば我々だけで建国が可能だろうが、多くを背負おうとするのは愚か者のすることだ。

本当の支配とは何か？　それは多くを背負っている者の手綱を握ることだ。自らが速く走る必要がない。馬に走らせればいい。国王という馬の手綱を握ることでバルフォント家はすべてを意のままに操ってきた。

王家にとって都合が悪いものが民に知れたら我々が動く。

王家にとって都合が悪いものが民に流れたら我々が動く。

こうして王家は我々に手綱を握らせるしかなくなるのだ。

「アルフィスか。あの歳であれほどの魔法を使えるとはな。ミレイ、お前が初めて基礎である無属性魔法を使えるようになったのは何歳だ？」

「えー、覚えてないけど確か8歳の頃？」

「アルフィスは7歳で闇属性の魔法を使いこなしている。おそらく8歳の頃のお前よりも精度はおそろしく高い」

「ねー、ほんっとアルフィスってかわいいもんねー」

　この事実をどう受け止めていいものか？　私が属性魔法を初めて使えたのは確か12歳の頃だ。バルフォント家としては遅咲きと言わざるを得ないだろう。

「それよりも父上、本当に気になっているのは魔法などではないだろう」

「ヴァイド、お前は何が気になっているというのだ」

「はぐらかさないでほしい。波動だ。この世界でもあれを知覚できるものはそういない」

　魔力とは違った生物が持つ特殊な力、それが波動だ。波動の質はそれぞれ異なり、魔力とは違って無尽蔵に放たれている。つまり操ることができれば魔法など足元にも及ばぬほどの力となるのだ。

　それ故に知覚して行使できる者など王家にもいない。ほとんどの人間が知ることがない力、波動は誰もが扱えたら厄介なことになるかもしれん。

「あの子、波動を使ってたわねぇ。さすがアルフィスねぇ」

「そんな言葉で片づけていい事態ではない。アルフィスがいつどこでその存在を知ったのか……」

「知ったとしても、あんなに簡単に操るなんてねぇ……あっ！　アルフィス波動習得記念のプレゼントを用意するの忘れてた！　ね、お父様！　何がいいと思う⁉」

「……アルフィスに初任務を与える」

私がそう宣言すると浮かれていたミレイの表情が一変した。ヴァイドも目を開いて私を鋭く睨む。

「ねぇ、お父様。それはちょっと早いんじゃない？　もしアルフィスに何かあったら私、どうにかなっちゃうかも？」

「その時はお前が敵《かたき》を討てばいい」

「まっ平らの地形にしちゃうかも？」

「ヴァイド、お前はどう思う？」

私はあえてヴァイドに話を振った。あの表情を見れば聞くまでもない。ああ見えてあの男は極度の負けず嫌いだ。

誰よりも才能に恵まれて、誰よりも努力を惜しまない。だから強い。

「……好きにすればいい。弟がどうなろうと私の知ったところではない」

「ではそうさせてもらう。明日、アルフィスを呼び出して任務を告げよう」

「任務の内容は決まっているのか？」

「決まっている。任務は……」

私が任務の内容を告げるとヴァイドは今のアルフィスに務まらないなどとブツブツと呟き始めた。この無口な男がずいぶんと口数が多くなったものだ。

＊＊＊

「あ、ギリウム兄さん」

「うぁっ……」

あれから廊下でギリウム兄さんとすれ違っても、目を合わせずにコソコソといなくなる。何もとって食おうってんじゃないんだから、そんなに慌てて逃げなくてもいいのにな。

「アルフィス様、あいつ最近おとなしいですね」

「まぁさすがに懲りただろうよ。油断はできないけど、しばらくは何もできないと思うぞ」

「何かしてきたらボクが殺しますよ」

「次はさすがにないな。殺すしかなくなる」

身内という温情で生かしてやったけど、あれが家族じゃないなら普通に殺してる。向かって来るなら殺す。それが命を狙ってきた奴に対する礼儀であり、作法だと思っている。

ここは現代日本じゃない。法も秩序もあまり整っていない異世界だ。そんな異世界で殺しにきた奴をのんびり生かしたところで誰も守ってくれない。

幸いこの世界、というか国では正当防衛だの細かい概念は法で遵守されてないみたいだからな。つまり逆に言えば法は守ってくれないということになる。

こんな世界で頼れるのは自分の力だけだ。だからオレは強くなることを惜しまない。などと気合いを入れて拳《こぶし》を握りつつ部屋に入る。上着を脱いでからクローゼットを開けた時だった。

「はいチューーーーッ！」

「ほい」

飛び出してくるミレイ姉ちゃんを軽く回避した。オレを抱きしめてキスしようとしたミレイ姉ちゃんはそのまま床に落ちる。

「びゃんっ！」

「鍵《かぎ》をかけてるのに当然のように侵入するのやめろよ」

「ちょっとありきたりすぎたかなぁ。もっと意表をつかないと……」

「次回に活かそうとするな。自戒しろ」

ミレイ姉ちゃんは今までもこうして奇襲してきた。最初こそまともにくらってキスをされてしまったけど、今じゃ完全に読み切っている。

でもさすがに天井から降ってきた時は心臓が止まりかけたけどな。ホラーゲームのクリーチャーかよ。

「ミレイっ！　まーたアルフィス様の貞操を奪おうとしたなー！」

「ルーシェルちゃん。お子ちゃまのあなたにこんな大胆な大人の行動はできないでしょ？」

「で、で、できらぁ！」

「ふーん、じゃあやってみて」

それは大人の行動じゃないんだわ。犯罪者の行動なんだわ。普通の人間は身内の部屋のクローゼットに潜《ひそ》まないんだわ。現代日本なら遅かれ早かれ確実に逮捕されてるぞ。

顔を真っ赤《まっか》にしたルーシェルの頭を撫でたミレイ姉ちゃんは当然のようにベッドに腰かけた。

「アルフィス、お父様が呼んでたわ」

「それを伝えるのに奇襲キスは必要だったか？」

「何事にもスキンシップは必要でしょ。あと鍵を開けられないように呪いか何かで封印したみたいだけど、お姉ちゃんには無意味ってわかるはずよ？」

「どうせ水魔法で液体化して侵入したんだろ」

「てへっ！」

てへっじゃないんだわ。

ミレイ姉ちゃんは水魔法を得意としている。普段はこんな下らないことに魔法を使ってるけど、本気を出したら数百の軍隊だって壊滅させられるからな。それでも自衛しないかというとそうじゃない。やらないよりはマシってやつだ。

＊＊＊

「来たか。アルフィス、最近のお前は本当によくやっている」

世界王ことレオルグが部屋で待ち構えていた。デスクの椅子《いす》に座ったまま、言葉とは裏腹にオレに厳しい眼差《まなざ》しを向けてくる。この男が褒めるということはそれだけ優秀な手駒に育ちつつあるということだ。

強くなっているという意味で喜ぶべきことなんだろうけど、この男の思い通りにはいかせたくない。だけど今は素直に受けとって礼をした。

「ミレイから聞いていると思うがお前に初任務を命じる」

「オレが初任務……ずいぶん早いな」

「今のお前ならばこなせると信じている。知っての通り、バルフォント家では王家の障害になるものを排除してきた。そうすることによって王家は我々に、より依存するようになる」

「今回の任務も王家にとって都合が悪いものが相手ってことか」

「お前にはデマセーカ家の当主殺害と違法薬物の取引の阻止を命じる」

デマセーカ家はゲームで名前だけ出てきた記憶がある。ゲームではすでに当主は死んでいて、誰かに殺されただのNPC（ノン・プレイヤー・キャラクター）が噂をしていたな。

それ自体に特別なイベントはなくて、ただバルフォント家の暗躍を匂《にお》わせる描写ってだけだ。

やっぱりバルフォント家が関与していたのか。

「違法薬物の取引現場に関する情報はあるのか？」

「それを見つけるのもお前の仕事だ。どちらが先になっても構わない」

「厳しいな。それを7歳のオレに任せるのか」

「私ができると見込んだ。お前はどうだ?」

その目で射竦《いすく》められて、油断すると身動きがとれなくなりそうだ。ほんの微量だが恐怖の波動が放たれている。7歳相手に大人げないな、世界王。

「この私の波動に当てられて正気を保つか。素晴らしい、あのギリウムなら小便を漏らして震えていたところだ」

「少なくともギリウム兄さんより認めてもらえてるということか?」

「あれに期待できることは多くない。だが現時点での実績はお前より上だろう」

「わかった。オレが実績を作れば、ギリウム兄さんは本格的に何も言えなくなるわけだな」

レオルグが薄く笑う。同意か。オレは頭を下げてから部屋を出た。

「あたっ!」

「いたのか、ルーシェル。初任務らしい、行くぞ」

「ふぁあい……」

外で待っていたルーシェルはドアに聞き耳を立てていたようで、開けた際に思いっきり頭をぶつけた。

バルフォント家としての初任務の時がきた。悪役プレイ開始だ。

＊＊＊

オレ達は夜の王都を歩いている。賑やかな繁華街を進むと程なくして見えてくるのがバー『フラッシュナイト』だ。

このバーは一見してまともな営業をしているように見えるが、実は密かに違法薬物の売買が行われている。

ゲームではすでに別の店に変わっていたけど、ここで違法薬物の売買が行われていたとNPCから聞けるのだ。

レオルグはオレに情報収集込みの任務を与えたんだろうけど何のことはない。ゲーム知識があれば大体のことはわかる。ゲーム中だと、ふーん程度の情報だったけどまさかこんな形で活きるとは思わなかった。

今、オレ達は目立たないようにフードを被って歩いている。こんな夜に子ども二人が歩いているのは不自然だからな。

「あのー、アルフィス様。この格好は逆に目立つのでは？」

「そんなことはないぞ。よく見ろ、あそこもここも派手な格好をした奴らばかりだろう。オレ達が混ざったところで問題はない」

「なるほど！　さすがアルフィス様！」

そう、フードを被らないとまるっきり子どもなのでそれはまずい。

ところがフードをかぶることによって変な奴その1とその2になることができるわけだ。

我ながら完璧《かんぺき》な作戦――

「へい！　そこのチビっ子ちゃん達！」

ん、なんか話しかけられてないか？　気のせいだ。チビなんてそこら中にいる。と思ったら肩を摑まれたんだが？　酒臭い息をかけられている。

「いけないなぁ、子どもがこんな時間に出歩いちゃ……ぐふぁっ！」

「行くぞ」

みぞおちに一撃を入れてやるとよほど疲れていたのか、眠りに落ちた。こんなところで寝たら風邪を引くだろうが知ったことじゃない。

「アルフィス様、今のは何だったんですか？」

「夜の町はああいうのが多い。気を引き締めろ」

「はいっ！」

よし、ルーシェルの突っ込みはないな。つまりオレの作戦は完全に成功したということだ。

気を取り直して進むとフラッシュナイトがようやく見えてきた。目立たない看板の横にちょこんとした入り口がある。ここでは何もやってないよ、スルーしてくれと言わんばかりだな。

正面から入るのもよくないのでオレ達は裏口に回った。裏に回ると一気に路地裏感が出てくるな。汚らしくて人気のない道にはゴミが山積みになっていて異臭が凄まじい。煌《きら》びやかな繁華街の裏側って感じだ。表を綺麗に取り繕って、裏じゃこの有様か。

「アルフィス様、入らないんですか?」

「それより出てくる奴を捕まえたほうがいい。お、きたぞ」

あくびをかきながら出てきた中年がハマキに火をつけている。オレはそいつの後ろから剣を突きつけた。

「喋るな、声を出したら殺す」

「……ッ!」

物わかりが良いようで男は声を出さずに両手を上げた。そのまま壁に手をつかせて背中をこちらに向けてもらう。

「ここで違法薬物の取引が行われているのか。薬の隠し場所を教えろ」

「し、知らない、本当だ……ぎゃあッ!」

男の足を踏んでグリグリと押した。今のオレの力ならこの男の足を砕くくらい訳ない。男もそれを察したのか、両手をより高く上げて降参の意思を示していた。

「喋らないならお前を殺して勝手に探せばいいだけだ。だが喋ってもらえたほうが手間が省けるのだがな」

「酒が、ある倉庫の……床下……」

「よし、案内しろ」

男に剣を向けたまま歩かせて裏口から中に入った。酒の倉庫に着くと男は床を指す。

「開けろ」

男が床を親指で押すと回転扉みたいに開いた。そこには大量の瓶詰《びんづめ》の薬物が敷き詰められて保管されている。これが話に聞いていた違法薬物「ベランナ」だ。

その昔、ベライナという魔女が製作した薬らしくて飲むと魔力を活性化させて身体能力を飛躍的に上昇させる。魔力強化した状態と同じになり、おそろしく気分が高揚するらしい。

ただし魔力の操作に慣れていない一般人が使用すれば体がもたない。急激に魔力が増えたせいで魔力爆発状態《マナバーン》となり、命を落とすこともある。

「思ったよりも多いな。よし、マスターを呼べ」

「え、なんで……」

「いいから呼べ」

男の背中に剣を向けたまま歩かせて、マスターを呼ばせた。何も知らないマスターがやってきてオレ達の存在に驚く。

「な、なんだこのガキどもは！」

「お前がマスターか。背後にいるのはデマセーカ家か？」

「まさかこんなガキにここを嗅ぎつけられるとはな……」

マスターは渋い顔をするも余裕そうだ。オレ達がガキだからだろう。

「マ、マスター！　逃げましょう！　このガキ、なんかやばいっす！」

「バカが。俺達、裏世界の人間がこんなガキに舐められたままケツまくれるかよ。逃げるならお前もここで殺す」

そう言い終えたマスターが突撃してきた。ナイフを片手に持って巧みに操るが、あまりに雑な動きだ。

その手を蹴り上げると持っていたナイフを落としてしまった。

「くっ……！　この、このガキめが！」

「鍛錬が足りてないな。そのナイフは本当に得意武器か？」

「こいつただのガキじゃないな……ならば仕方ない」

マスターは懐《ふところ》からビンを取り出してから蓋を開けてベランナを飲んだ。マスターの筋肉が爆発したように膨れ上がり、服が千切れ飛ぶ。

元の体の二倍以上になったマスターは涎《よだれ》を垂らしながら、指をわきわきとさせている。

「これこれ！　効くぜぇ！　おい、お前も飲め！」

「は、はい！」

オレが脅した手下もベランナを飲んで体の体積が増えた。こうして二人の筋肉ダルマが誕生してしまった。

「うへぇ、きっも……」

「浅ましいな。一時的な強さに何の意味がある。まぁもっとも……」

オレはそれぞれ二人の腕と足を斬った。手足が闇に包まれて消えた後、残った体が地面に倒れる。

「これは強さの定義から大きく外れているがな」

「あ、あぁ、れ、なんで、なんでぇ！　あっ、助けて、助けてください！」

「では他の取引場所を教えろ。そうすれば命だけは助けてやる」

「お、王都の西三番街、デマセーカ倉庫前……深夜……」

デマセーカ倉庫前といえば、デマセーカ家が経営している商会の敷地内か。思ったよりわかりやすくて助かる。

「よし、わかった」

「では助け……」

「よし、殺さず命だけは助けてやった。では今から死ね」

「へ……？」

何も一生殺さずに生かしてやるなどと一言も言ってない。残った体に対して魔剣で斬ると二人の体が完全に闇に飲まれた。闇に葬られたものがどこにいくのか、オレにもわからない。

この場に残ったのは違法薬物のみだ。殺害の痕跡など一切《いっさい》残っていない。

「ふむ、この魔剣は思ったより便利だな。ゴミ掃除にちょうどいい」

「えらい言われようだのう」

魔剣から出てきたのは魔神だ。不意に出てこられるのは少し困るな。

「いや、出てこなくていいんだが？」

「こんな小物ばかり斬っていないでもっと大物を狙ってほしいものじゃ」

もっともな話ではある。だけどオレだってこんなチンピラと大して変わらない連中など好きで斬っていない。

魔神はおおあくびをして、いかにもといったように退屈をアピールした。

＊＊＊

私、セイルランド王国の王女レティシアは退屈していた。いや、退屈すぎることに違和感を覚えていたといったほうが正しい。この国は私が生まれた時から平和そのものだ。

私が生まれる前は隣国との戦争状態にあったと聞いていたけど、それも一年と続かずに終結。王国側の被害はほとんどなかったなんて聞いて幼い頃はワクワクしたものだけど、考えてみれば不思議だ。

一度、この王国の騎士団を見て回ったことがある。警備は杜撰《ずさん》であくびをかきながら詰め所で娯楽に興じる騎士達。お世辞にも有能とは言えない男が部隊長の座について出世している。

訓練風景もひどいものだった。少しの体力作りとわずかな模擬戦のみで訓練は終了してしまった。騎士達全員に緊張感がまるでない。お父様に聞いても、それでいいのだなんてのんきなことを言うばかり。

果たしてあんな人達がこの国の平和を守れるのかとずっと思っていた。疑問をもった私は度々城を抜け出して王都の様子を探っている。本当に騎士団のおかげで平和が保たれているならいい。

だけど私はどうも納得できなかった。今日も深夜、王都をコソコソと移動している。私はこの国の王女だ。もし騎士団が秩序を守らないのであれば、王女である私がやらなきゃいけない。

悪が動き出すとしたらこの深夜、どんな小さな芽も見逃すつもりはなかった。そう意気込んでいると、どこかの倉庫の前に何人かが立っている。

暗くてよく見えないけどあれはいかにも怪しい！　悪！　悪ね！　私は絶対に見逃さない！　もっと近くに寄らないと！

私は倉庫の陰からこっそりと様子をうかがった。

「ではこちらが今回の薬です。ヒヒヒ……」

「いつもすまねぇな。まったくよ、まさか貴族様がベランナをばらまいてるとは世も末だぜ」

私は耳を疑った。暗くてよく見えないけどベランナという名前に心当たりがある。

　この国が隣国との戦争下にあった頃、国内で爆発的に普及した魔力増強薬だ。その副作用が問題視されて戦後は国内で取引が停止されたと聞いている。

　取引をしているのは白髪のおじいさんと黒ひげのおじさんだ。片方は見覚えがある。白髪のほうはデマセーカ家の執事だ。王宮のパーティで何度か見たことがある。

「綺麗ごとだけでは何事も務まりませぬ。世渡りに必要なのは地位と金の二つのみでございます」

「違いねぇ。おかげで俺達、ガルゴファミリーも稼がせてもらってるぜ」

　なんてこと！　デマセーカ家の執事とマフィアのガルゴファミリーが違法取引だなんて！

これは見過ごすわけにはいきません。

「お待ちなさい！　悪党達、その悪事はこの目でしっかりと見届けました！」

「だ、誰だ！」

　悪党達の前に姿を現すとさすがにうろたえていた。私だってお城で剣術指導を受けている身、この程度の悪党なんて怖くない。

「おや、誰かと思えばおてんば王女ではありませんか。夜遊びとはいけませんなぁ」

「黙りなさい！　王国の裏で悪事を働く悪党！　この私が成敗します！」

「ふふっ、これは勇ましい……」

　あんなよぼよぼの老人執事を怖がる私じゃない。幼い身とはいえ、大人を制圧するくらいの

実力はある。

私は剣を構えた。けど、私は一瞬で背筋が凍り付いた。

「いやはや、戦闘などいつ以来でしょうなぁ……」

執事は巨大な爪を装着して両手を広げた。執事があんな凶器を持っているとは思わず、私は絶句する。夜のそのシルエットが悪魔的で剣を持つ手が緩みそうになった。

「これでもその昔、隣国との戦争で百人以上を殺した実績があります。いやぁ、傭兵時代がなつかしい……王族のお嬢様には敵《かな》わないでしょうが……ヒヒヒッ！」

「だ、だからなんです！　てやぁーーー！」

意を決して私は執事に挑んだ。大丈夫、基本はすべて押さえてある。あんなのただ大きいだけの武器だ。

「おっと、子どもながらなかなか鋭いですなぁ」

「はぁっ！」

「手強い、手強い」

「やぁぁっ！」

執事が私の剣をひらりと回避する。まったく当たらない。なんで？

騎士達と違って私は決して訓練を妥協したりはしない。基礎を身につけて、座学で戦術を頭に叩き込んだ。教育係にも成長を褒められた。今の私なら大人相手にだって引けを取らないはず。

　それなのになんで、目の前に爪が――

「きゃあっ！」

「おおっと、かすってしまいましたか。痛いですか？　痛いでしょうなぁ。あぁ、おかわいそうに……ヒヒヒッ！」

「まだ、まだぁぁーーーー！」

「おっと、危ない危ない」

　渾身の一撃すらかわされて、今度は執事の蹴りを受けてしまった。

　お腹にめりこむようにして入った蹴りで私はたまらず倒れてしまう。

「お、おえぇぇ……！」

「おーやおやおやおやおやおやぁ！　おかわいそう、おかわいそうに！　よしよし、よしよしよぉぉしっ！」

「ま、だ、まだ……」

「なんと！　まだ屈していない！　これが王族の血と誇りというものでしょうか？　ガルゴさん、どう思いますかな？」

　執事が観戦しているガルゴに呼び掛けて、またヒヒヒヒと笑った。私は立てずに血の味と無力さを感じている。なんで、あんなに訓練したのに。

私が幼い身だから？　大人だったら勝てた？

爪ではなく蹴りというのも、私への侮蔑と嘲りを感じる。

「ふぇえ、ふぇえぇぇーん……」

「おーーやおやおやおや！　泣いてしまわれましたなぁ！　これでもわたくし、若い頃は戦場の黒死蝶《こくしちょう》と呼ばれていたのですよ！　だから私に勝てないのは恥ではない！　安心なさい！ねっ？」

痛みと屈辱で感情の行き場がなくなってしまった。こんなにも接近されて頭を撫でられて、私はそもそも戦いの相手とみなされていない。王国を害する悪を前にして何もできない。

私は堕落していく王国を見ていることしかできないの？　悪に屈してこのまま殺されるの？　国を守れずして何が王族だ。

「あぁ、なんだか興奮してきましたよ……。子どもは幾度となく斬ってきましたが、やはりたまりませんなぁ……フヒ、ヒヒヒヒ……」

「さすがに理解できねぇな。女は大人に限るぜ。ていうか王族を殺すのはまずいんじゃないのか？」

「ガルゴさんは悪党のくせに真面目《まじめ》なんですよ。もうこの興奮は収まりそうにありませんし、ゆーっくりと楽しませていただきますねぇ」

男の顔がまるで獣のように見えてしまった。いや、獣そのものかもしれない。今の私は獰猛《どうもう》な獣に何もできずに食べられるウサギだ。

お父様、お母様。勝手なレティシアをお許しください。

「見つけた。あれがそうか」

暗闇の向こうで声がした。通りすがりの人？　逃げて！

「アルフィス様、なんかキモいのがいますよ。爪ながっ！」

「どうやら当たりみたいだな」

声からして男の子と女の子？　不思議と迷い込んだ子とは感じられず、どこか余裕があるように思えた。

＊＊＊

時は少しさかのぼり、バルフォント家にて。

父のレオルグがリビングから出ていった後、残ったヴァイドとミレイはまだくつろいでいた。

「デマセーカ家か。父上もなかなか意地の悪いことをする」

「ヴァイドお兄ちゃん、デマセーカ家って？」

「王都内にある子爵家だ。貴族としては大したことがないが、あそこには確か戦場の黒死蝶がいた」

「なにそれ？」

ヴァイドが酒を一口飲んでから、グラスを見つめる。その瞳《ひとみ》にはアルフィスへの哀れみと期待の念が込められていた。

「その姿を見た者に凶報を伝えると恐れられている男だ。傭兵の世界ではそこそこ名が通っていたな。今は執事として本性を隠しているが、あそこを狙うなら戦いは避けられないだろう」

「お兄ちゃん、詳しいわねぇ」

「戦いの場に身を置く者として、強者の情報は常に頭に入れている」

「さすが戦闘マニアね。で、それは強いの？」

ヴァイドが酒をグッと喉《のど》に流し込んだ。

「今のアルフィスでは、な……。父上も人が悪い」

「えぇーー！　やっだぁーーー！　見守りにいかなきゃ！」

「決して手を出すな。出せば私がお前を殺す」

「やってみれば？」

ほんの一瞬だけ放たれた二人の波動は屋敷を覆った。

とある使用人はキッチンの清掃中、死を覚悟してナイフを喉元《のどもと》につきつける。とある使用人は故郷へ思いを馳せて、遺書の用意を始める。とある使用人はその場に座り込んで失禁してしまう。

「なんてね。アルフィスなら大丈夫」

ミレイはパッと表情を変えてニコリとほほ笑んだ。

解かれた波動のおかげで多くの者達が命を絶つ寸前で思いとどまった。

＊＊＊

フラッシュナイトの人間が言っていた通り、倉庫前にいたのはじいさんといかにもな悪党だ。

じいさんは長い爪を装着していて、皺だらけの顔で虚を突かれたような顔をしている。

その足元で倒れている女の子はまさか王女か？　幼いものの、髪型や顔立ちからして王女のレティシアとしか思えない。

「またも子どもですか。今日はついているのか、ついてないのか……」

「お前がデマセーカ家の人間でそっちのヒゲ面が取引相手の三下ゴロツキか？」

「さ、三下だとぉ！　このガキが舐めてんじゃねぇぞ！」

まだじいさんと話しているというのに三下が背中から二つの斧を外した。

両手斧のこいつはゲーム内にいないキャラだな。

ということはゲーム開始前に殺されたんだろう。特に興味ないな。

「ルーシェル、あのヒゲ面の三下を適当に処理しろ」

「はぁい」

パタパタと飛んで向かったルーシェルに三下が二つの斧を振り回した。

空を切る音と共にルーシェルがひらりひらりとかわしていく。

「おっそ！　ざぁこ！　よわよわ！」

「はぁあぁぁぁッ！　大地割りぃッ！」

ごろつきが二つの斧を振り下ろすと地面が割れんばかりに衝撃が走る。斬撃と共に地面に二本の跡が残るほどの威力か。

だけどあんなもの当たらなければ何もされてないのと同じだ。それなりの戦闘経験はあるし弱いとは言わない。むしろあのカテゴリの人間の中では強いほうだろう。確かにあの程度ならチンピラの間ではお山の大将を張れる。

「はぁ……はぁ……こいつめぇ……！」

「あー、ボクも疲れちゃった……」

「ほぉ、だったら……グッ！」

「騙《だま》されてやんのー」

ルーシェルの矢がごろつきの脳天を貫いた。ごろつきが前のめりに倒れて地面を血で濡《ぬ》らす。

敵が疲れて休んだところで止めを刺すなんて性格悪いな。オレも人のことは言えないが。

「アルフィス様、あのジジイもやります」

「いや、あいつはオレが相手をする。ザコとばかり戦ってもしょうがないからな。少しくらいマシなのと戦わせてくれ」

オレの挑発にじいさんがピクリと反応した。こんなガキに舐められちゃそりゃいらつくよな。

「これはこれは……驚きましたね。ガルゴはそこそこの実力者ではあったのですがね」

「あぁ、やっぱりな。あの程度で実力者を気取れる程度か」

「あなたもどうやらただの子どもではなさそうですな。私の名はバドウラ。デマセーカ家の執事をやっておりますが、かつては戦場の黒死蝶と呼ばれておりました」

「黒死蝶……？」

ゲーム内でも出なかった名前だな。こいつもゲーム開始前に殺されていた奴なんだろう。そりゃ知るわけがない。

そもそもデマセーカ家自体、ゲームではちょろっと名前が出てくる程度だ。そんなところの執事なんてモブですらない。

「その歳でよくやるよ」

「フフフ、よろしい。少し鍛えてあげましょうかな」

「鍛える、ねぇ」

バドウラがフッと目の前から消えた。次にオレはバドウラの爪を魔剣で防ぐ。なるほど、それなりに速いな。

「ほぉ、この程度では難しいわけですな」

「……お前、もしかして相手の力量も見極められないのか？　その上で手加減をしていたのか？」

「いえいえ、戦場を渡り歩いてきた身ですから強い人間の臭いはわかるのです。あなたをただの子どもとも思っておりませぬ。ヒヒヒッ！」

「じゃあ、なんで手加減した……？」

オレの頭にはきっとクエスチョンマークが浮かんでいるだろう。そのくらいこいつの初撃は意味不明だ。オレとの力量差を考えたら最初から全力で殺《や》りにいくべきだというのに。

いや、そもそも向き合うべきじゃないんだがな。

「ヒヒヒヒィ！　では参りますよぉ！」

バドウラが高速で辺りを駆け回ってオレを取り囲む。円が小さくなっていき、オレをかく乱しつつ圧を与えるつもりか。

だけどどうせ狙いはオレだ。思った通り、バドウラはオレの背後に回った途端に斬りかかってくる。

「ヒーーーヒヒヒヒッ！　ほりゃぁーーー！」

意気揚々としたバドウラだけどすぐにその喜びが絶望に変わるだろう。オレは悠々とその爪を魔剣で止めた。

「あ、う、爪が……」

「お前の爪の間って剣が挟まりやすいんだよ」

バドウラの爪と爪の間に剣を刺し込んで、片腕を固定した。ジリジリと力を入れて剣先をバドウラに近づける。

「くっ……まだ片手が残ってますなぁーーーー！　あっ……」

バドウラが片方の爪で攻撃した瞬間にオレは魔剣で指ごと裂いた。その勢いで指と片方の腕が斬られて闇に消える。

「ひ、ひひぃ⁉　バカな！　バカな！　この私が、こうもあっさりと！」

「まぁこんなもんだよな。お前、波動がカスすぎて戦う前から弱いってわかったよ」

「は、どうですとぉ……」

「今のが全力だろうから、これ以上の戦いは意味ないな」

オレが魔剣を向けるとバドウラが這って逃げようとした。

「嫌だ、死にたくない！　私はこれまで戦場で……何度も……」

「相手が悪いんだよ。バルフォント家の前じゃな」

「バル、フォント家……。王国の柱……じゃあ、あの噂は……」

バドウラが何かを理解したようにして這うのを止めた。もう助からないとわかったんだろう。

「噂は本当だった……王国の……暗黒……実行部隊……影の支配者一族……ひ、ひひひ、ひいいぃーーーーー！」

バトウラの背中に魔剣を刺して完全に息の根を止めた。直後の断末魔の叫びの後、闇がバドウラを包む込む。死ぬ間際《まぎわ》の言葉くらい喋らせてやるよ。

「ア、アルフィス様、強すぎでは……いつの間に？」

「あぁ、普段は波動を隠しているからな」

ちなみに普段は波動を押さえているから、兄弟達だってオレの本当の実力はわからない。きっと平常時のオレの波動で強さを判断しているはずだ。能ある鷹は爪を隠すってやつだな。

ところでそこの女の子は、主人公様だよな？

「怪我はないか？」

こんなところに主人公がいるのはさすがに予想外だった。ゲーム開始時からすでにやんちゃなお姫様だったけど、まさか城を抜け出してこんなところにいるとはね。予想外過ぎてどう対応したらいいものか困るな。

「あ、あなたがバルフォント家の……？」

「オレのことよりお前のことだ。なんでこんなところにいる？」

「それは……この国の平和が本当に真実なのか確かめたくて……」

「なんじゃそりゃ」

なんておどけて見せたけど、この年齢ですでにこの国がバルフォント家に操られているって気づいてるのか？

そこまでじゃなくても、どこか違和感は抱いていただろうな。それで外をウロウロしていたらベランナの取引現場に遭遇したというわけか。

今はこんなんだけど将来は大勢の人間を引き連れて一大勢力を築き上げるからな。今は正義感が空回りしているけどそのうち大切なものに気づく。

レティシアは主人公らしく様々な困難に直面して身も心も強くなっていく。オレは密かにそんな姿を見たいとも思っている。

だけどそうなるとオレの死亡フラグが立つんだよな。これは本当に悩みどころだ。なんとかうまい感じにいい落としどころがないものか。

「でも平和を確かめるどころじゃないだろ。今のお前は弱い」

「なっ！　し、失礼ですね！　私だって！」

「早く帰ったほうがいい。城まで送るぞ」

「わ、私を城に⁉　なぜそれを？」

「そんな身なりをした人間が平民なわけないだろう」

めちゃくちゃ苦しい言い訳をしたけどごまかせたよな？

バルフォント家は父親と母親以外、ほとんど王族や貴族との接点がない。まず当主のレオルグが基本的にバルフォント家の家族構成をあまり明かさないようにしている。

知られていいことはあまりないからな。確かにそのほうが仕事をしやすい。

「アルフィス様、本当に送るんですか？」

「ここで王族に死なれるのはよくない。他に仲間が潜んでいるかもしれないから、お前は周囲を警戒してくれ」

「はぁい」

ルーシェルが空から監視しつつ、オレは王女を城まで送ることにした。

レティシアは終始黙ったままだ。たぶん自分が置かれている状況とプライドが交差して、うまく感情を表現できないいんだろう。

オレは一言も話さず、夜の王都をトボトボと歩く。そんな静寂を破ったのは魔剣の魔神だ。

「アルフィスよ、あんな小物を斬った程度で満足しておるまいな？」

「するわけないだろ。ザコとは言わないけど、オレとしても物足りない」

魔神の登場にレティシアは空いた口が塞《ふさ》がらない様子だ。一夜でいろんな経験をしすぎて少し気の毒だな。まぁ主人公ならこのくらい乗り越えてくれ。

「な、なんですかそれ！」

「それとは失礼な小娘じゃな。このディスバレイドに宿る魔神ヒヨリを知らんとはのう」

「ま、まままま、魔神⁉　まさか古のエルディア帝国の皇帝が従えていたという……いえ、そんなはずは……」

「そんな時代もあったのう」

お姫様がめっちゃびびってるじゃん。

魔神なのに名前が日本人っぽいのはたぶん開発スタッフの趣味だ。深い意味はない。

「魔剣ディスバレイド……バルフォント家がそんなものを所有しているなんて……。他の方々もそのような古代の異物を？」

「家族のことを喋るつもりはない」

「バルフォント家……謎に包まれてはいましたが……やはり……」

「止めて見せるか？」

オレがそう呟くとレティシアは絶句した。図星だったみたいだな。

「バルフォント家は実質この国を支配していると言っていい。お前もその目で国内における腐敗した部分を見続けただろう」

「それは……。ではあなたも支配に加担しているということですか？」

「今はな」

「今は？」

オレはレティシアの正面に回り込んだ。身構えたレティシアの前で魔剣を天に掲げて、真っ直ぐ見つめる。

「オレはいずれ家族を超える。そのためには手段を選ばない。これが自分の正義だからだ」

そう、オレの最終目標を考えるなら家族なんてしょせんは通過点だ。あいつらはストーリー攻略中のボスでしかない。

だけどそんな家族でもこの国ではトップクラスの実力者だ。これがオレの正直な考えであり、レティシアに伝えるべきことだと思っている。

オレは死にたくない。死にたくないけど、だからといってレティシアに見逃してもらうように動くつもりはない。オレが強くなり続けるなら、レティシアだっていずれ立ちはだかる壁になるかもしれないからな。

主人公としてレティシアには強くあり続けてもらいたい。オレはオレで強くあり続ける。

「お前も自分の正義を信じろ。もしお前の正義がオレの正義と反するなら、その時は遠慮なく相手をしてやる」

レティシアは何かを考え込んでいる様子だ。それは城の近くに着くまで続く。あまり近づきすぎると門番に見つかるので離れた位置でレティシアと別れることにした。

「ではここまでだな」

「あのっ！」

レティシアがついに口を開く。

「送っていただいて、いえ、助けていただいてありがとうございました」

「今日のことは悔やむだろうが決して腐るな。お前は確かに負けたが、今日の負けは明日の勝利だ。お前はそうやって強くなっていく」

「は、はいっ！」

素直に返事をされてしまったな。性格的に反発してくるかと思ったんだが。

「今日のことは絶対に忘れません！　ではアルフィス様、さようなら！」

顔を赤らめながらレティシアがオレに手を振って別れを告げた。

アルフィス様？　そんな様付けして呼ぶようなキャラじゃなかった気がするけど。まだゲーム開始すらしていない段階だし、そういうこともあるか。

ここでようやくルーシェルが地上に降りてきた。

「ルーシェル、ご苦労だった」

「あいつ、なかなか見所あるんじゃないですか？」

「今はまだケツが青いがな」

言い合いにならないで済んだのはありがたい。何せオレにはまだやるべきことが残っているんだからな。

というわけでオレはデマセーカ家の方角へと歩き始めた。

＊　＊　＊

「バドウラめ、やけに遅いな」

デマセーカ家の当主である私は自室にて不安に駆られていた。

王族の目を盗んでベランナの栽培を成功させること五年、裏のルートで流通させること二年。国内のマフィア相手に地道に商売をした結果、デマセーカ家は見事持ち直すことができた。

当初、私が当主となったころのデマセーカ家は滅亡の危機を迎えていたのだ。デマセーカ家は代々ベランナの花の栽培で財を成した。この花には魔力増強の成分が含まれており、それが魔法薬の素材となる。

ところがそのベランナが戦後になってから、急に国によって取引を禁止されてしまった。これがなぜそうなったのかはわからない。

表向きには副作用の危険性が説明されていたものの、戦前は王国の騎士団ですら使っていたほどだ。それで戦果は上がっていたし王国にとってもありがたい存在だったはず。そんな突然の発表に先代の父は頭を抱えた。

騎士団によってベランナはすべて押収されて焼却処分されてしまったのは今でも覚えている。あまりの理不尽さに父は怒ったが騎士達は聞く耳などもたない。

その後は合法的な製薬業を行ったものの、付け焼刃の事業などうまくいくはずがなかった。その結果、デマセーカ家は規模を縮小して急激に弱体化した。使用人の数を減らし物件をほとんど売り払って残ったのはこの屋敷のみだ。かつての栄華はどこにもない。

それから父は病に伏してしまい、とうとう逝《い》ってしまった。私の手を握りながらデマセーカ家を頼んだと言い残して。

（ふざけるな。こんな理不尽な話があってたまるか）

私は父の敵討ちのつもりでデマセーカ家の再興を試みた。何が違法薬物だ。知ったことか。国が我々を見捨てるならば従う義理などない。

ベランナの栽培に適した場所を見つけた後は見つからないことを徹した。王族の目をかいくぐって流通ルートや客を開拓して早や数年。デマセーカ家はようやくかつての栄光を取り戻しつつある。

（フフフ、王族め。ベランナは再び国内に流通している。今に見ていろ）

デマセーカ家が完全に復興した暁には国に多額の支援を行うつもりだ。そうすることによって王家は我々に感謝をして、やがてデマセーカ家なしでは存続できなくなる。

なに、こんなものはどこの貴族もやっていることだ。

今、繁栄している貴族はどこも王家に多額の支援を行っているからこそ大きな顔をしていられるのだ。

そう、王家などと言うが貴族とは持ちつ持たれつの関係でしかない。デマセーカ家は今度こそ返り咲く。それこそが父や私の願いなのだ。

――コンコン

「何だ？」

「お客様がお見えです」

「こんな深夜に客だと？　何の話も聞いてないが？」

「し、しかし……」

その時、ドアが開けられてしまう。使用人ごときが何を勝手なことを、と怒鳴ろうとした。

「失礼するぞ。お前がデマセーカ家の当主か」

「こ、子どもだと⁉　おい、なぜ勝手に……」

そこまで言って私は気がついた。青ざめた使用人の背中に剣が突きつけられている。幼い少年と少女の二人が大人の女を脅してここまで入ってきたというのか？

いや、待て。減ったとはいえ、屋敷には警備がいたはずだ。

「おい！　警備は何をしている！」

「聞き分けがなかったからな。外を見ろ」

少年に促された私は窓から庭を見た。そこには警備をしていた者達が血を流して倒れている。

なんだ、これは。

「理解したか？」

「バ、バドウラは……」

「今頃《いまごろ》は死体も残っていない。黒死蝶だったか？　そこそこだったけど、引退した老兵に頼りきりなのはよくないぞ」

冗談ではない。年老いたとはいえ、バドウラの実力ならば今でも騎士達では束《たば》になってかかってきても問題ない。それがこんな少年に殺されたなど信じられん。

「ところでもちろん心当たりはあるだろう？」

「べ、ベランナのことだろう！　ふざけるなよ！　なぜ禁止されねばならん！」

「なぜ、と問われたらそれはおそらくバルフォント家の意思だろうな」

「バルフォント家だと⁉」

バルフォント家が王族と密な関係になっているという噂は聞いている。しかし王族を簡単に

動かせるとは思えん。

いくら支援を行っている貴族家とはいえ、政《まつりごと》に口を出せば無事ではすまない。その辺の

線引きを見極めた上で我々は王族と付き合っているのだ。

パーティに呼ばれたら形式上の挨拶《あいさつ》をして心にもないお世辞を口にして愛想笑いを浮かべる。

それが貴族や王族との付き合いだ。

バルフォント家とて例外ではない。当主のレオルグも国王の前では跪《ひざまず》いていたはずだ。

「公には王族が違法薬物指定しているがな。ベランナがあってはどうもバルフォント家にとっ

て都合が悪いようだ」

「で、ではバルフォント家はたったそれだけのために……たったそれだけのために我らを滅ぼ

したというのか！」

「あぁ、父が迷惑をかけたならオレから詫びよう。すまなかった」

少年はあっさりと頭を下げた。理解が追いつかない。なぜバルフォント家がそこまでする？

いや、それ以前になぜ王族すら従っている？

「が、それとこれとは別だからな。お前は違法薬物を取り扱ってしまったせいでオレに殺される」

「ふざけるのも大概にしろ！　いつもお前達のような有力な貴族ばかりが甘い汁をすする！　我々のような弱小貴族は虐げられて、生きる手段さえ失う！　だから選べる手段などないというに！」

「甘ったれるな」

少年の剣から何か黒い霧のようなものが出ている。足腰に力が入らず、私は壁にもたれかかった。あんな幼い少年でさえこの恐ろしさとは、これがバルフォント家だというのか？

「この世界には水さえ得られずに死んでいく人達が大勢いる。幼いうちから両親を殺されて兵隊として駆り出されて死ぬ人間もいる。それに比べてお前は水だって飲める。頭を使っていくらでも生きることができる。誰かに生殺与奪の権利を握られているわけでもあるまい」

「そ、それは……そうだが……」

「結局、お前は過去の栄光を忘れられずに相応に生きることを放棄しただけだ。いや、お前達といったほうが正しいか」

「う、わ、わかった……心を入れ替える……。見逃してくれ……」

少年は私の言葉を聞いて剣を下ろした。わかってくれたのか？

「そうか。本当に心を入れ替えるんだな？」

「約束する！　これからは正しく世のために生きる！」

「わかった」

よかった、許された。これで私はまだ生きられる。フン、今度は決して見つからないようにする。

以前よりも巧妙に――あ、ぐ、げぇ
「なん、で……」

「今、ほんの少しの間でも心を入れ替えて正しく生きただろう。じゃあ後は死んでいいぞ」

「ごふぉ……」

少年の剣が私の肩から腹にかけて両断して私の意識は途絶えた。

＊＊＊

明け方になり、屋敷に帰ってきた。あくびは出るが疲労感はあまりない。

「アルフィス様、使用人達は生かしたままでいいんですか？」

「問題ない。騒いだところで誰も信じないだろうし、ことが大きくなればうちの特殊清掃班が掃除するだけだ」

バルフォント家お抱えの特殊清掃班は殺人などの痕跡を消す。オレが殺したデマセーカ家の屋敷の警備隊はあえて見せつけるために死体を残したけど、今頃は綺麗さっぱり消えてるはずだ。

あいつらは基本的に直接手を下さないけど、無駄に騒ぎ立てた一般人などは掃除することになっている。

「初任務成功おめでとぉぉーーーからのキスっ！」

屋敷の扉を開けるなり飛びついてきたのはミレイ姉ちゃんだ。屋敷に入った途端にくるのは初めてのパターンだな。

というわけでオレは余裕の回避を見せつけて、ミレイ姉ちゃんが地面にぺちゃりと落ちる。

「ひゃんっ！」

「なんでオレが任務達成したってわかるんだ？」

「いたた……。そりゃアルフィスならあの程度の依頼はなんてことないってわかってたから、おめでとうキッスの練習くらいしてたわよ」

「失敗すりゃよかったかな？」

失敗したらしたでオレを溺愛《できあい》しているこの姉が何をするかわからないんだよな。デマセーカ家の屋敷ごと水攻めして水圧で潰《つぶ》すくらいやりかねない。

「まーたキスとかふしだらなことして！」

「あら、ルーシェルちゃん。キスくらいでふしだらだなんて、世の中にはもっとすごいことがあるのよ？」

「す、すごいことって……」

「あーあー、お顔がまっかっかー！」

おい、仮にも7歳の前だぞ。自重しろ。7歳の弟を襲ってキスしようとする奴にそんな倫理観を期待するのは無駄だろうけど。

呆れてスルーしようとした時、オレの体が水球に包まれた。ふわりと水の中に取り込まれたオレは頭だけ顔を出す。

「ぷはっ！　おい、何するんだよ！」

「疲れたでしょ？　寝室まで運んであげる」

「おい、バカやめろ」

「遠慮しないでさー。あ、そういえばこの剣って魔剣なんだっけ？」

ミレイ姉ちゃんは水球の水を操って魔剣をあっさりと奪っていった。

黒死蝶のじいさんにあっさり勝ったオレが、いいように遊ばれている。ミレイ姉ちゃんがその気になればオレは今ので死んでいた。なんてことはない。水球の水圧でぺしゃん、で終わりだ。

世の中、上には上がいるというのはまさにこのことだな。悔しいけどまだ全然敵わない。

「我が主に対して、それ以上の無礼は許さん」

「わぁ！　なんか出てきた！」

魔剣から出てきたヒヨリが水球をあっさりと割って出てきた。割れた水球は闇の霧状となって消えていく。

「強いわねぇ。アルフィスったらお姉ちゃんという女がいながら、すごいのと付き合ってるわね」

「そなたごときが我が主を弄《もてあそ》ぶなど100年早いわ。失せよ、小物」

「なるほどね。じゃあどっちがアルフィスを愛せるか、勝負ね」

「小賢しい。わらわが認めた主がそなたのような女に浮《うわ》つくはずなかろう」

「どうかしら？」

いや、何の勝負が始まってるんだよ。なんかめっちゃバチバチと火花が散ってる気がするんだが。

実の姉がその土俵に上がること自体がおかしいって、いつになったら気づいてくれるんだろうな。

＊＊＊

「アルフィス。初任務、ご苦労だった。少し物足りなかったかもしれんな」

レオルグはオレがあっさり勝ったのを知ってか知らでか、挑発を含めた言い回しをする。

黒死蝶のじいさん相手に苦戦したとでも思ったんだろうか？　それでも謙遜する必要はない。

「あぁ、あの程度の相手で楽な任務だったよ。父上は優しいな」

「フ……いいぞ。それでこそバルフォント家の息子だ。まぁあの黒死蝶もさすがに老いたか」

「父上は違うだろう？」

「老いに負けて一線を退いた者などと一緒にされては困る」

レオルグの体を波動が包んでいる。ほんの少しだけ威嚇するように波動が陽炎《かげろう》のように揺らめいて今にも爆発せんばかりだ。

この波動のコントロールは今のオレじゃできない。レオルグもそれがわかっているから、こうやって格差を見せつけている。

要するに調子に乗るなよってところだろう。こいつはオレに強くなってほしいとは思っているが、超えてほしいとは思っていない。

常に自分こそが最強であり支配者であり続けたいんだ。だからオレや他の家族はあくまで手駒としての強さに留まってほしいと願っている。裏を返せばこいつは小物なんだ。

誰かが自分を脅かすことを恐れている。自分の立場が消えてなくなるのが怖くてたまらない。

その行き過ぎた思想が世界王レオルグを誕生させてしまった。

「アルフィス、波動はうまく扱えているか？」

「いや、父上のようにはいかないな」

「どこで波動の存在を知った？」

「物心がついた時からかな」

ほらな。こんな探りを入れるってことはオレが脅威になるかもしれないと思っている。

バルフォント家でレオルグに次ぐ実力者はヴァイド兄さんだけど、あいつが波動に目覚めたのはもっと後だ。片や7歳で波動を操っていれば、そりゃ怖くてたまらないだろうよ。

「波動の知覚は天才、操作は天賦。いずれも超えられない壁がある。お前は現時点で天才というわけだ」

「天賦であることを願っているよ」

オレが引かない姿勢を見せるとレオルグがぴくりと眉《まゆ》を動かす。

これ以上、挑発し合っても意味がない。オレは話題を変えることにした。

「父上、ベランナをなぜ違法薬物にした？」

「……何のことだ？」

「王族にベランナを違法薬物指定にするよう指示したのはバルフォント家だろう」

「そこまで知っていたか。本当にいい息子だよ」

レオルグがクックッと笑う。

デマセーカ家に同情するわけじゃないけど、そのおかげで市場の様相は大きく変わったはずだ。バルフォント家がその気になれば今栄えている貴族を一瞬で没落させることもできる。デマセーカ家だけが例外じゃないというわけだ。

「邪魔だからだ。バルフォント家以外の者に力を得る資格はない」

オレは何も言わなかった。追及したところでそれがすべてでしかないからだ。

この国の民は何も知らずに表向きの情報を鵜呑《うの》みにして、バルフォント家の関与なんて疑いもしない。その裏にはあるのはたった一人の男のエゴのみなんて誰も知る由もない。

「アルフィス、お前には他の兄弟と同じく九年後に学園へ入学してもらう」

「それもバルフォント家のためか？」

「そうだ。時がくれば詳細を話す。今は腕を磨いておくがいい」

王立セイルランド学園。平民から貴族が通うその学園にオレが入学する理由、それは一つしかない。

九年後こそがゲーム開始時、本編スタートだ。その時が来るまでレオルグの言う通り、更なる修練に励むとしよう。

第二章 学園入学、本編スタート

私、しがないド平民のエスティはかつてないほど緊張しています。

今日はいよいよ王立学園の入学式、ここは平民から貴族まで様々な人達が集まります。そんなところに平民風情の私が入学するんだから、門をくぐるだけで心臓が高鳴りました。

門を抜けると厳《おごそ》かな雰囲気の建物が並木によって称えられているように見えます。制服を着た多くの新入生が建物に向かって歩いてきました。

気圧《けお》されないよう歩いていると後ろからどよめきが聞こえてきます。

「おい、見ろよ。護衛つきで来た子がいるぞ……」

「あれはパーシファム家のご令嬢じゃないか？」

「二大貴族の⁉　やべぇ、道を開けないと！」

生徒達がさっと左右に散ったところで、護衛をつれたパーシファム家のご令嬢がやってきました。紅の髪をなびかせて優雅に歩く様はあまりに美しく、思わず見とれてしまいます。

平民の私から見れば貴族なんてこんな機会でもなければお目にかかることがありません。

同じ人間のはずなのにどこか違う雰囲気を感じられました。うまく言えないですが得体の知れない圧のようなものを感じます。

気のせいと思いたいけど、こうして距離を置いていても近寄り難《がた》い何かがありました。

「送り迎えはここまでで結構よ」

「しかしリリーシャお嬢様、お父様から教室までお送りしろとの言いつけでして……」

「過保護な大人に付きまとわれる私の身にもなってくれる？　お父様には私から言っておくわ」

「しかし……」

護衛の男性が何かを言う前にリリーシャ様の片手から火が迸《ほとばし》っています。その一瞬の魔力を感じただけで私は鳥肌が立ってしまいました。

他の生徒もまるで我が身に危険が迫ったかのように驚きの声を上げて後ずさっています。

「二度も同じことを言わせないで。帰って」

「か、かしこまりました」

護衛の男性はそそくさと校門の外へ出て行ってしまいました。リリーシャ様はフンと鼻を鳴らして歩き出します。

パーシファム家。バルフォント家と並ぶ王国の二大貴族です。卓越した魔力と技術をもってこれまで国防や国民に貢献してこられました。

騎士団が扱う魔法武器の開発、火を起こす魔道具や室内を暖めたり冷やす魔道具に至るまで幅広いです。私達の生活に関《かか》わっている魔道具のほとんどは代々パーシファム家の技術によって開発されました。

他にもパーシファム家が主導する王国魔術師団は隣国との戦争の際に圧倒的な力を誇示したと言われています。

魔力や魔法の才能、容姿、すべてにおいて私達とは格が違うのです。

(はぁ〜〜〜、もう心臓に悪いなぁ)

「おい、あれって……」

「王女様、か?」

安心したのも束の間、金髪の前髪を切り揃《そろ》えた気品ある少女が来ました。

その姿を視界に入れた途端、なんだか心地よい気分になります。リリーシャ様と同じく近寄り難い雰囲気はあるものの、言い知れぬ抱擁感を受けました。

(ふぇぇぇ〜〜……見ただけでわかるよ。あれがこの国の王女様かぁ)

私達みたいな平民がその姿を見ることなんてほとんどありません。

たぶん騒いでいるのは貴族階級の子達です。王女様はリリーシャ様と違って皆に微笑みかけていました。

「クソッ、なんて美しいんだ……」

「なぁ、王女様って婚約者いるのかな?」

「そりゃいるだろ。王族なんだからとっくに決まってるんじゃないか？」

「そうかぁ。俺《おれ》じゃダメかー」

登場しただけで男子達を虜《とりこ》にしてしまうとはすごいです。女の子の私から見ても羨《うらや》ましい美貌ですし、あれでいて剣術の腕はかなり高いと聞いています。

ド平民の私じゃ地位も容姿も何もかも敵《かな》う要素がありません。王女様と同じ場所で三年間も学べるのです。それだけでも学園に入学した甲斐がありました。

「お、王女様！　これから三年間、よろしくお願いします！」

「ご機嫌麗しゅう！　俺、デニルと言います！」

王女様の周囲にたくさんの男子生徒が集まっています。

さすがの人気です。もう新入生全員がプロポーズするんじゃないかとさえ思えます。あのくらいの意欲がないとこの学園じゃ生き残れないのかなぁ。私には無理か。

ふと見るとさっきのリリーシャ様が遠くから見ています。まだ先に行ってなかったみたいです。

「おい、どいてくれないか」

「どけどけー！　アルフィス様のお通りだぞぉ！」

人だかりの向こうに誰《だれ》かが立っています。その途端、王女様に群がっていた男子生徒が振り向きます。

「なんだ、お前？」

「道の真ん中だぞ。邪魔になっている」

現れたのは綺麗《きれい》な黒髪が目立つ男の子です。一緒にいる銀色の髪の子は同じ新入生かな？

男の子のほうはどこか冷たい印象を受けます。

それに見ていると体の内側から崩されそうな感覚に陥《おちい》る気がします。あのリリーシャ様も怖かったですが、このアルフィスという男の子はあまりに異質です。とにかく関わらないほうがいいと感じます。

「偉そうだな。お前、こちらの王女様が見えないのか？」

「だったら何だ？　道を塞《ふさ》いでいいとでも？」

まずい！　このままじゃケンカになる！　あのアルフィスという男の子もそんなに煽《あお》らなくても！

「俺を誰だと思っている。どこの生まれだ？　家名を言え。俺は伯爵の爵位を持つブルックス家のデニルだぞ」

「だから何だ。どく気がないなら、オレがどかしてやろうか？」

アルフィスさんがデニルさんに片手を向けます。何をする気でしょうか？

「アルフィス様！」

と思ったら、王女様が名乗った男の子を押しのけてアルフィスのところへ駆けました。え、なに？　知り合い？

「レティシア、久しぶりだな。元気そうで何よりだ」

「アルフィス様こそ、より素敵になられて……ずっとお会いしたかった」

あ、あの王女様が頬《ほお》を赤らめている！　あのアルフィスさんは何者⁉

私がこんな反応になるんだから、他の男子生徒達なんて――

「あいつ、何者だよ……なんでレティシア様と親しそうなんだ？」

「ということはどこかの貴族か？」

「クソッ！　羨ましすぎて頭がどうにかなりそうだ！」

と、こんな風に騒然としています。

阿鼻叫喚《あびきょうかん》の男子達とは別世界にいるかのようなアルフィスさんと王女様。この対比を見て、私はこの学園を無事に卒業できるのか不安になりました。

どうか何も起こりませんように。

＊＊＊

王立セイルランド学園。国内でも数少ない教育機関の一つであり、モットーは文武両道だ。元々は戦争での徴兵に当たって兵隊の強化のために設立されたもので、知識だけでなく力も身につけることを目的としていた。

とは言っても当時は誰でも入学できたから、教育の質はお察しだったようだ。

それが戦後になって大幅な改革があり、一新された教育体制の下で多くの優秀な人間を生み出すことになる。表向きには戦後の国の立て直しと発表されてるけど、その裏にはバルフォント家が関わっていた。

優秀な人間が生まれるということはバルフォント家、特にレオルグの意思に反するところだけど国が滅びては元も子もない。

つまり適度に優秀な人間がいてもらわないとバルフォント家としても困るわけだ。そこでオレがこの学園に送られた。バルフォント家の人間が学園で何を学ぶのかという話ではある。オレが学園に入学した目的は国に必要がない異分子の排除だ。

入学式が終わってオレは一年生のメンバーを改めて眺めた。新入生のリストは予《あらかじ》めバルフォント家で入手したものを貰《もら》って目を通している。

結果としては上位数人の上澄み以外は小粒といったところだ。入学試験の成績を見る限り、貴族階級は及第点だが平民は見るも無残だった。ゲームだとメインキャラ以外はモブとして描写されていたからわからなかったな。

まぁ成績は異分子の基準じゃない。それだけで排除するなら単に入学試験の結果だけ見て足切りするだけで終わる。

入学式を終えて、オレ達一年生はそれぞれの教室へと移動した。

「私がAクラスの担任のリンリンだ。教師になる前は宮廷魔術師をやっていた。よろしく頼む」

担任教師のリンリン。28歳の女性で独身、恋人はいない。

真面目《まじめ》でいい教師だが、前時代的なスパルタ教育を行うことがあるのが欠点だ。元宮廷魔術師の肩書は伊達《だて》じゃなくて実力はかなり高い。

ちなみに名前をいじるとキレるので注意だ。

「私が宮廷魔術師をやめて教師に転向したのは、教育課程における人材育成に疑問を持ったからだ。私が宮廷魔術師をやっていた時に魔術師として不適格な人間を何人も見てきた」

こんな感じで肩を張りすぎているところもあるし大体話が長いけど悪い人間じゃない。

一人で延々と喋《しゃべ》っているのを眺めているとリンリンはようやくハッとした。

「コホン……すまない。少し話が長くなったな。晴れて君達は一年生となれたわけだ。最初に何をするかだが……そうだな。自己紹介といこうか」

自己紹介と聞いてクラスメイトが安堵《あんど》した。こんな教師だから何をやらされるのか不安だったみたいだな。

ところがそうは問屋が下ろさない。

「では今から第三訓練場に行こう」

「く、訓練場ですか?」

「君はレティシア姫だな。王族だろうが、ここでは全員に平等に接することになっているのでそのつもりでいてほしい」

「はい、それはいいのですが自己紹介でなぜ訓練場に?」

リンリンは説明することなくオレ達を第三訓練場へ案内した。

この学園の敷地はおそろしく広い。数ある訓練場の一つに集められたオレ達はどうやら戦わされるようだ。

「形式上の自己紹介など時間の無駄だ。人間の質は戦いにこそ表れる。というわけで今から君達に戦ってもらう」

「た、戦いですか⁉　いきなりすぎます!」

「レティシア、ここをどこだと思っている?　文武両道の王立セイルランド学園だぞ。お勉強だけして卒業できるようなところではない」

「それにしてもいきなり生徒同士で戦えだなんて……」

レティシアだけじゃない。クラス全員がどよめいて、この担任は大丈夫なのかという雰囲気だ。

「この訓練場にはセーフティフィールドという特殊な結界が張られている。致命傷を受ける直前、強制的に外へ脱出させてくれるから安心しろ」

「では武器も真剣を……」

「そうだ。戦う組み合わせは私が決める。まずはレティシアとリリーシャ、フィールドに移動しろ」

「わ、私ですかぁ⁉」

訳がわからないといった様子でレティシアはフィールドに向かう。対するリリーシャはきつい表情でさも当然かのように杖《つえ》を持って立っていた。

ゲームではここで分岐して、片方のルートではオレとレティシアが戦う。主人公レティシアvsアルフィスはいわゆる負けバトルだ。負けたレティシアをアルフィスがクソミソに煽り散らかすんだったな。

ここで因縁が芽生えるんだが、今はレティシアvsリリーシャルートか。

「リリーシャさん、いつぞやのパーティではありが……」

「レティシア王女……いえ、レティシア。行くわよ」

レティシアが言い終える前にリリーシャが火球を放った。リリーシャの得意武器は杖、得意属性は炎だ。

単純な火力だけなら全キャラトップクラスだったな。

「いきなりッ⁉」

レティシアが回避したところでリリーシャは間髪入れずに二発目の火球を放つ。

　完全に出鼻をくじかれたレティシアは反撃に出ることができず、火球をまともに受けてしまった。

「うぅっ！」

「その程度？　こないのなら再びこちらから攻撃させてもらうわ」

「ま、待っ……」

「ファイアショット」

　無数の小さな火球がバルカンのごとく放たれてレティシアは全身で受けてしまう。体中が焼けて見るも痛々しい姿になってしまった。

　セーフティフィールドが強制退去させないということは、レティシアはあれに耐えているのか。

「リ、リリーシャ……」

「情けない。王族という恵まれた立場にいながら、その程度の力しかつけていないのね」

「なんて失礼な……！　リリーシャ、撤回しなさい！」

「まだ王族の気分が抜けないの？　ここは文武両道、そして身分平等のセイルランド学園よ」

　それからもリリーシャは徹底してレティシアを追い込んだ。

　すでに先制攻撃で痛めつけられたレティシアにできることは少ない。それなりに応戦したがついに止《とど》めの一撃を受けて強制退去させられてしまう。

「はぁ……はぁ……」

「レティシア、ご苦労だった。リリーシャ共に君達がどういう人間か大体理解したよ」

「リンリン先生……私……」

リリーシャがセーフティフィールドから出てきて膝《ひざ》をついているレティシアを見下ろした。

「レティシア、気分はどう？」

「リリーシャ……」

「その程度の実力で数年前のパーティではよくも『私があなた達を導きます』なんて言えたものね」

「あ、それは……」

「王族だから無条件で導けるとでも？　あなたみたいな甘ったれた人間は恵まれた地位でぬくぬくと玉座を温めていればいい。泥臭いことは全部私達がやるわ」

あまりのきつさに他のクラスメイト達は黙り込んでいた。リリーシャなぁ。確かに印象悪いよな。前世でもそこそこのアンチを生み出したキャラだった。でもこういう奴《やつ》なんだ。

「うっ、うっ……」

「泣いて同情を引こうだなんてつくづく情けない。これに懲りたらお姫様はおとなしく素敵な王子様と結婚することだけを考えてなさい」

あまりに凄惨《せいさん》なシーンにさすがのクラスメイト達も憤り始める。

見かねたリンリンが止めようとするが、その前にオレがリリーシャに近づいた。

「よう、二大貴族パーシファム家のお嬢様」

「……なに？」

「いや、違ったか。二番手貴族のパーシファム家だった。すまない」

「……いい根性ね」

リリーシャが鋭くオレを睨《にら》みつけた。おぉ怖い怖い。

このイベントはなかなか胸糞《むなくそ》だったからな。介入できて嬉《うれ》しいよ。

「次はオレと戦ってくれよ」

オレが笑みを浮かべてそう告げると、リリーシャの全身から魔力がかすかに放たれる。

望むところってか。この高慢ちきな勘違い女をオレの手でボコボコにしてやろう。

「レティシア、立てるか？」

「はい……」

オレが手を差し伸べるとレティシアが立ち上がった。いくら死なないとはいえ、痛みはしっかり感じる。

レティシアは俯《うつむ》いたままオレの顔を見ようとしない。きついよな。でもこれが主人公に課せられた試練なんだ。お前はまだまだこれからだ。

「いいか、レティシア。今日の敗北は」

「明日の勝利、ですよね」

「よく覚えていたな」

九年前にオレがレティシアに言ったセリフだ。レティシアはオレの顔を見て満足そうに笑う。

そこへリリーシャが嘲るように視線を送ってきた。

「あなた達、知り合いだったのね。もしかしてあなたが王子様かしら？」

「そう見えたか？　だとしたらお前もなかなか恋愛脳だな」

「なんですって？」

「さっきからさ、本当はお前が王子様と結婚したいんじゃないか？　パーシファム家に生まれたばかりに重い責任まで背負っちまったもんな」

「な……！」

リリーシャは図星をつかれて初めて驚きの表情を見せた。そりゃこいつの内心くらい知っているさ。

こいつは結局のところ、レティシアが羨ましいんだ。自分はパーシファム家の跡取り、そのためには背負うべきものがあるという思い込み。レティシアにつらく当たっていたのも実際はただの八つ当たりだ。今のこいつはそれを自覚していないけどな。

今はパーシファム家の跡取りとして立派になろうとしている。それなのに国のトップであるレティシアがこの様じゃあまぁ面白《おもしろ》くないよな。

「アルフィス・バルフォント。あなた達のことは聞いているわ。各方面に多額の融資をしているものの、その実態は謎《なぞ》に包まれている」

「よく知ってるじゃないか」

「あなたが挑発してくれるなら私としても都合がいいわ」

リリーシャが杖を握りしめてまたセーフティフィールドへ向かった。

「リンリン先生、アルフィスと戦わせて」

「連戦でもいいのか？」

「問題ないわ。こんなのハンデにもならない」

オレは小さく笑った。相変わらず自信家でプライドが高い。

オレもセーフティフィールドへ向かうと、リリーシャが杖を向けてくる。

「さっきのお姫様は私に完膚なきまでに負けた。あなたはどうかしら？」

「ククク ッ！　先制攻撃であれだけアドバンテージをとっておきながら時間をかけている時点でなぁ。大した実力差なんててないだろう」

「はぁ？　あなた、どこに目をつけているの？」

「レティシアは心の準備ができていなかった。仲良しだと思っていたお前が敵意を剝き出しにしてくるなんて初めての経験だっただろう」

だからといって勝負は勝負だけどな。その一瞬の油断が命取りになるけど、あえて言う必要はない。

「つまりお前はたまたまアドバンテージを取れただけだ。たった一回勝った程度で格付けが完了しちまったか？　おめでた……」

オレがベラベラ喋っていると火球が飛んできた。オレは体をひねって軽く回避してみせる。

「かわした……」

「よく練り上げられた魔力だけど少し無駄が多いな。力み過ぎて火球がでかくなりすぎだ。まるでパーシファム家の重圧みたいだ」

「偉そうにッ！」

リリーシャは再び火球を繰り出して執拗にオレに当てようとする。こんなもの何発放ったところで攻撃していないのと同じだ。

「なんで……！」

「だから言っただろ。力みすぎなんだよ」

こいつは魔剣の力を使わずに倒す。その上で徹底して敗北させてやることにした。

オレは足や腕など、必要に応じて魔力強化をしている。これにより魔力消費を抑えられるだけじゃなく、ピンポイントで力を発揮できた。

例えば足のみを強化していれば回避をより素早く行える。攻撃の際に腕や足腰に切り替えればより高い威力を出すことができた。

これに対してリリーシャのそれはあまりに無駄が多い。ゴルフなどのスポーツでも自分の力と体格にあったクラブを選ぶように、魔法も同じだ。

今のリリーシャは身の丈に合わない威力を実現しようとしているから、速度がマジで遅い。

「はぁ……はぁ……！」

「ほら、見ろ。もうバテてきただろ？　魔力は体の機能の維持にも貢献しているんだから、無茶したら動けなくなるぞ」

弊害は威力だけじゃなく、自身のバイタリティにも関わってくる。

重いクラブで振り続けたら体に負担がかかって体力が尽きるのと同じだ。

「バ、バカにしてぇ！　だったらこれならどう！」

「お、おい。それはやばいだろ……」

リリーシャが明らかに上位の魔法を使おうとしている。熱くなりすぎだろ、炎だけに。

「今更慌てても遅いわ！　私を本気で怒らせたことを後悔しなさいッ！　炎属性最高位魔法……フレアッ！」

リリーシャが魔力を解放してフィールド内を爆発《ばくはつ》で覆《おお》いつくす。

これが精錬されたフレアならオレも魔法で応戦するしかないんだが、あまりに隙が多かった。

爆発が散漫な上に魔力強化した足があれば、その穴をかいくぐることができる。

ゲームで言えば某爆弾男だな。いくら特大火力でも、リリーシャへの道筋を見極めていけば回避しながら接近できた。こんな風に。

「はぁ……はぁ……はぁ……ぜぇー……ぜぇー……え？」

「よう」

「なん、で……？」

「もう何もできないだろう？　せめてもの情けだ。自分の足でフィールドから出ろ」

オレはフィールドの外を指した。リリーシャはようやく自分が受けている屈辱を理解したみたいだな。下唇を噛《か》んでふるふると震えている。

「ふ、ざけんじゃ……」

「じゃあオレはこれからお前を死なない程度に痛めつける。強制退去なんてさせない。まずは爪《つめ》でも剝《は》がそうか？」

「ひっ……！」

オレはリリーシャの手をとって爪に触れた。

「いやぁーーーーーーー！」

リリーシャはオレを振り払ってフィールドの外に逃げてしまった。その勢いで転んだせいで、クラスメイト達に見下ろされる形になる。

「あう、あうあう……」

「リンリン先生、これはオレの勝ちでいいよな？」

オレがリンリンに聞くと無言で頷《うなず》いてくれた。

「さっすがアルフィス様ぁ！」

「おいおい、声がでかいぞ」

この状況で両手を上げて喜んでいるのはルーシェルだけだな。

ルーシェルがはしゃぐ傍《かたわ》らでリリーシャがボロボロと涙をこぼし始める。

「うっ、うっ……ひぐっ……ふぇぇ……」

よほど怖かったのか、リリーシャは嗚咽を漏《も》らしていつまでも泣いていた。

オレとリリーシャの対戦の後、生徒同士がそれぞれぶつかり合う。見ていて思ったのは、この対戦の組み合わせ、一見してデタラメのように見えるけどそうじゃない。一つの基準は実力が近い者同士、もう一つが精神的な一面が垣間見えそうな者同士が戦っている。

例えばレティシアとリリーシャはオレの見立てが正しければ実力自体はそう離れていない。

リンリンは姫と二大貴族という近しい関係を見据えた上で、その本質を見抜いていた。

結果は予想通り、レティシアとリリーシャそれぞれの関係が浮き彫りになる。誤算があるとすればリリーシャが圧倒しすぎた点か。これがもう少し接戦になればリリーシャはレティシアを認めただろう。

「おっそい！　おっそい！」

「クソッ！」

今はルーシェルとケイザーとかいう生徒の戦いだ。

ケイザーは平民の中で比べれば筋は悪くない。ただ相手が悪かったな。

ルーシェルがあんな性格なものだから、ああいう熱くなりやすい性格の奴は手玉に取られやすい。リンリンがそこまで見抜いていたのかは不明だが、いい組み合わせだと思う。

ちなみにここでは翼を出すなと命じてあるから、今のルーシェルは素《す》でケイザーを翻弄している。結果的にケイザーを散々疲れさせたルーシェルが勝利した。

「わーい！　アルフィス様！　褒めてくださいっ！」

「よくやった。よしよし」

「えへへ、もっと撫でてくださいー」

「よーしよしよしよし」

当たり前だけど他のクラスメイトがめっちゃ見てくる。オレとルーシェルの関係は他から見ても奇異に映るだろう。

レティシアが至近距離でガン見してくるくらいにはおかしい。

「……アルフィス様とルーシェルさんはどのようなご関係なんですか？」

「主と従者だ」

「そ、そうなのですか。ということはお付き合いなさっているわけではないのですね？」

「そういうことになるな」

レティシアがオレに背を向けてガッツポーズをしたのを見逃さなかった。

まさかアルフィスに惚《ほ》れたのか？　お前、ゲームだとめちゃくちゃアルフィスを敵視していたんだが。

おかげで死亡フラグは立たずに済みそうだけど、これはこれでおかしな方向へ行きそうだ。

「ファイアボールッ！」

「うわっ！」

気がつけば試合が進んでいた。貴族と平民の戦いか。ハッキリ言って貴族と平民じゃ雲泥《うんでい》の差がある。

身分差別するわけじゃない。もちろん血筋による才能もあるが、何より環境が違いすぎる。剣術にしても魔法にしても平民と比べて貴族が持つ知識とは比べようもないほど差がある。それに加えて徹底した教育や訓練環境があるから、元々強い奴が更に強くなるようにできていた。例えるなら一流のアスリートが更にいい環境でトレーニングするようなものだ。対して平民はどうしても独学になってしまうから、基本すらできていない人間も珍しくない。そこで戦っている平民の女の子なんか魔法もろくに使えないし剣術もひどいものだ。

「しぶといな！」

「ひいぇぇぇ〜〜〜！」

いや、意外と粘るな。というか紙一重で回避している。

あの女の子の名前はエスティ、ゲームでは名前すら登場しなかったモブだな。それによく見れば敵を目で追っている。

オレはエスティの動きに違和感を持った。対戦相手の攻撃はエスティの技量で見極められるものじゃない。それにもかかわらず、目で追っている。何を追っている？

「なかなか決着がつきませんね。逃げ足だけは早いなぁ」

「あのエスティ、もしかしたら波動が見えているのかもな」

「へ⁉　ま、まさかぁ……。じゃあ対戦相手の奴が波動を使っているんですか？」

「波動というのは魔力と同じく無意識に出ている。あらゆる動作の際に揺らめいて、それをよく見れば攻撃を先読みできる」

あのエスティが波動という概念を認識しているかとなればたぶんNOだ。本人も無意識で行っているに違いない。

「そこまでだ！　引き分けとする！」

「な、なんだと！　まだ終わってないだろう！」

「もう五分も経《た》っている。次も控えているから二人とも、下がれ」

「クソッ……！」

エスティの対戦相手はデニルとかいう伯爵家の息子だな。門の近くでレティシアにアプローチしていた奴だ。剣を床に叩《たた》きつけて感情を抑えきれていない。気持ちはわかるが物に当たってもしょうがないぞ。

「クソッ……平民のカスが。覚えてろよ」

予想通り、物騒なことを呟いたな。ううむ、やっぱりあのイベントがくるか。まぁそれは後々のことだから今はどうでもいい。

「ん？　ルーシェル、そういえばリリーシャはどこへ行った？」

「だいぶ前に訓練場の外に出ていきましたよ」

「一応授業中だろうに……まぁそのうち戻って来るだろう。リンリン先生にたっぷり絞られるかもしれん」

「アルフィス様にけちょんけちょんにやられましたからねー。いい薬になったんじゃないですか？」

引き続き試合が続いて30分ほどで全員分が終わった。結局リリーシャは戻ってこなかったな。リンリンは気づいているだろうが、あえてスルーして総括を語ることにしたようだ。

「ご苦労だった。今の戦いで皆がどういう人間か大体わかった。言っておくが現時点での実力がすべてではない。全員が見所のある生徒なので三年間、しっかりと学ぶようにな」

「先生！　もう一度だけそこの女と戦わせてくれ！」

「デニルか。決闘はきちんとした手続きを踏んで両者合意の下で行うことになっている」

「伯爵家の息子のオレが舐《な》められっぱなしじゃ納得いかないんだよ！」

「くどい」

リンリンの体から突き刺すような魔力が放たれた。元宮廷魔術師の魔力を直《じか》に受けたデニルは体を硬直させてしまう。

「う、ううぅ……」

「私は手ぬるい指導はあまり好きではない。そんなに戦いたいなら私が相手をしよう」

「い、いや、すみません、でした……」

「わかればよろしい」

いやぁ、怖い怖い。元とはいえ宮廷魔術師といえば国の最高戦力だからな。それぞれが単独でドラゴンをはじめとした最強種の討伐実績を持つ化け物集団だ。生徒相手に大人げないぜ、リンリン先生。

「では自己紹介はこれで終わりとしよう。次からはそれぞれの科目別での授業が始まるので気を引き締めるように」

「「「はいっ！」」」

デニルのおかげで生徒達が一気に引き締まったな。怒らせてはいけない相手を瞬時に見抜いたわけだ。

「それとアルフィス。放課後、職員室に来るように。話がある」

「はい」

まさかリンリンからの誘いがあるとはね。はてさて、何を言われることやら。

＊＊＊

放課後、職員室に呼び出されたオレはリンリンの前に立っていた。何を指導されるかと思いきや意外だったな。

「リリーシャの件、礼を言う」

「礼を言われるようなことはしてませんが」

「いや、本来であれば私がもっと時間をかけて指導すべきだったのだ。彼女は才能が突出しすぎている分、危うさもあった」

「オレに負けてめちゃくちゃ泣いてましたからね」

「そう、彼女は早いうちに挫折を経験するべきだ。遅くなればなるほどプライドが肥大化して、いざ困難に直面した時に立ち直れなくなるからな」

オレとしては別にリリーシャの将来のことを考えていたわけじゃない。あのイベントが胸糞だったから介入したかっただけだ。

結果的にリリーシャにとってプラスになるのなら、リンリンとしては構わないってところだろう。

「まぁでもあいつの立場を考えたら、わからなくもないですけどね。家では厳しく躾けられて、洗脳みたいな教育をされてたみたいですから」

「ほう、詳しいな」

「噂ですよ。パーシファム家自体、二番手だとか言われているのが癪《しゃく》みたいですよ」

「そのパーシファム家の令嬢を圧倒するとはさすがバルフォント家だな」

リンリンがからかうように口元だけで笑う。バルフォント家は放任主義ですから、と言いたかった。

「君ほどの人間が学園で何を学ぼうというのだ？」

「いや、オレなんてまだまだ未熟ですよ」

「君の実力は学生の域を完全に超えている。まず局所的な魔力強化、魔術師の中でもあれをこなせる人間はあまりいない。もう一つは魔法の回避、特にフレアの爆発をかいくぐったのは私ですら言葉を失ったよ」

「オレもそれなりに上を目指していますからね」

のらりくらりとかわしているけど、リンリンとしては興味津々《きょうみしんしん》ってところか。

実のところ、オレはバルフォント家としての使命だとか教育なんてどうでもいい。自分が強くなってこの世界を攻略することしか考えていないからな。だから今の段階ですらこの学園の生徒、それも一年生くらい圧倒できなきゃ話にならない。

ヴァイド兄さんやミレイ姉ちゃんが在籍していた頃は一年生の時点で三年生が手も足も出なかった。あのギリウムでさえ一年生の番長を張って最終的に学園のトップに君臨した。

バルフォント家の中で抜きんでるためには優秀程度じゃダメだ。今のリリーシャくらい魔力強化のみで倒せて当然といったところだな。

「自己紹介戦の時、君は生徒を値踏みするように見ていたな。気になる生徒でもいたか？」

「レティシアですね。親しいと思っていたリリーシャから先制攻撃を受けてもあれだけ応戦できました。普通の奴なら開幕で負けてますよ」

「他は？」

「……これから次第ですね」

一瞬だけエスティのことが頭によぎったけど言わないでおこう。今の時点ではオレの妄想かもしれないし、彼女を持ち上げる理由がない。

それとさすがにルーシェルを推す勇気はなかった。身内だからな。

「なるほどな」

「リンリン先生から見て期待できそうな生徒は？」

「レティシア、リリーシャ……それとルーシェル。特にルーシェルはおそらくクラスで君の次に強いだろう」

「口は悪いですけどね」

人のことは言えないが、と心の中で付け足した。あいつの入学金はすべてオレが出している。オレの手元から離れると何をするかわからない危なっかしさがあるのと、単純に色々と学んでほしいからだ。

そう、今のルーシエルは強いとは言ってもまだまだ未熟だ。裏ボスとして君臨していた時の強さには遠く及ばない。そしてオレがその裏ボスを超えなければ攻略したとは言わない。

つまりルーシエルもオレにとっては攻略対象でしかなかった。が、あの様子だととてもオレと戦いそうにないな。まさかここまでなつかれるとは思わなかった。

「色々と話を聞けてよかった。たぶんクラス内で君が一番話が合うから、これからも相談役になってほしい」

「オレが？　先生の？」

「まだ新人教師だからな。学べるものがあるなら生徒だろうと学ぶ必要がある」

「貪欲《どんよく》ですね。そういうの好きです」

「君だって目的があるのだろう？」

いきなり核心をついてくるな。新人教師とは言っても宮廷魔術師時代に不正を行った同僚を次々と告発して辞めさせている。

そんな熱意があるからオレみたいなのも気になるのかもしれない。

「目的？」

「バルフォント家として何を成すつもりだ？」

「その質問は気軽にしちゃいけませんよ、先生。わかってるでしょう？」

「……脅しか？」

オレは毅然とした態度を崩さずにリンリンに言う。

バルフォント家はあくまで影の支配者、噂にはなっても明らかになってはいけない。その線引きをしっかりとさせてもらう。

「オレ個人への追及とバルフォント家への追及はまるで意味が違います。ここから先は言わなくても理解しているでしょう」

「私が屈するとでも？」

「好きにしてください。ただオレがバルフォント家として答えるわけにはいきません」

「ふむ、生徒相手に熱くなる話でもないな」

うまい具合に引いてくれたか。この人は嫌いじゃないし、願わくは正義感が暴走して近づきすぎないでほしい。

この人が強かろうとバルフォント家が少しその気になれば痕跡すら残さずに簡単に消せるからな。リンリンが不正を暴《あば》いた宮廷魔術師達は全員が行方《ゆくえ》不明になっているはずだ。誰一人として逃げのびて幸せになんかなってない。

バルフォント家にかかれば国内でどうにかできない人間なんか存在しない。

「時間をとらせてしまったな」

「いえ、楽しい時間でした」

「そう言ってもらえるとありがたい。ではまた明日な」

リンリンと別れて職員室内を見渡すと、教員達が一斉に目を逸らした。

バルフォント家の息子とあって興味津々ってところか。今の会話を聞いていたなら決して深追いはしないだろうと思いながらオレは職員室を後にした。

＊＊＊

「そこまで、生徒会執行部よ」

学園に入学してから数日が経過した。私、リリーシャが見つけたのは学園内にハマキを持ち込んでいる生徒だ。生徒会執行部は学園内の秩序を守るための機関であり、教師の次に強い権限を与えられている。

これは誰でもなれるものじゃない。一年生の場合、入学試験の成績が上位5位以内であること。貴族か平民かは関係ない。完全実力主義の下で結成されている。

パーシファム家として生徒会に入らないのはありえない。国の秩序と平和を守るのは私達パーシファム家の役目であり、学園内も例外じゃない。お父様やお母様もきっと褒めてくれる。

一方であのアルフィスは上位の成績をおさめながら、生徒会には入らなかったみたい。貴族達の間ではバルフォント家こそが王国の秩序を守っているなんて噂されているけど、どうもガセだとわかった。

本当にそんな大層な役割を担っているなら、生徒会に入らない手はない。しょせんバルフォント家といってもその程度ということだ。

あのアルフィスの顔を思い出すだけでもはらわたが煮えくり返る。私はイライラをぶつけるようにして、校則違反をした男子生徒を追い詰めていた。

「み、見逃してくれよ。もう二度と持ち込まないからさ」

「ペナルティポイント加点1。3点以上で一定期間の停学で5点になれば退学よ。あなたはすでに2点ね。入学早々いい根性してるわ」

「親父にバレたら家を追い出されてしまう。な？　俺は将来の当主なんだ」

「貴族の身分でありながら保身に走る……。腐ってるわね」

私の発言が癪に障ったのか、男子生徒が睨む。

「なんだよ……アルフィスに負けて泣きべそかいてたくせに……」

「……なんですって？」

「お前、知らないのか？　一年の間で有名だぜ。パーシファム家のお嬢様、バルフォント家の息子との対決に敗れるってな」

「……へぇ」

私の中で何かが切れた。魔力強化した拳《こぶし》を男子生徒の顔にかすらせる。頬が少し切れて血がにじみ出ていた。

「ひっ！　な、何をするんだよ！」

「誰が敗れたって？　じゃあ、あなたは私に勝てるの？」

「誰もそんなことは……いでぇぇ！　は、離してくれぇ！　いでででぇ！」

男子生徒の肩を摑《つか》んで力を入れる。もう少し力を入れたら骨だって砕けるほどだ。この魔力強化の練度からしても、私があのアルフィスに劣る理由がわからない。

アルフィスのあれも同じ魔力強化のはず。それをあのアルフィスは——

——よく練り上げられた魔力だけど少し無駄が多いな。

——力み過ぎて火球がでかくなりすぎだ。

「ふ、ふっざけんじゃゃ……」

——まるでパーシファム家の重圧みたいだ。

「ないわよッ！」

「ぎゃあああぁーーー！」

力を込めると男子生徒の肩に指が食い込んだ。絶叫した男子生徒が転げまわっている。

「いだいいだいいだいぃ！　パパァーーー！」

「……フン」

私は彼を放置してこの場を離れた。

生徒会執行部は多少の実力行使なら許されている。ましてやこんな名前も聞いたことがない下級貴族の男に誰も同情なんてしない。

「アルフィス・バルフォント……あなただけは絶対に許さない」

私の中で闘志の炎がメラメラと燃え上がっていた。

＊＊＊

「アルフィス様。一年生が生徒会執行部に怪我《けが》をさせられたみたいですよ」

「そうなのか？」

昼食時、ルーシェルが作った五重の塔みたいな手作り弁当を食べていた。

これ食いきれるのかと不安になりながら、オレはその話に大して興味を持てずにいる。どこかのモブが怪我をしたところでオレには何の影響もない。

「その生徒会執行部というのがあのリリーシャなんですよ」

「あいつが生徒会執行部か。ピッタリだな」

「いや、アルフィス様。いいんですか？　アルフィス様の仕事が奪われてるんですよ」

「別に問題ない。たかが校則違反した奴をどうこうする気はないからな」

ルーシェルは勘違いしているが、オレは無理にでも仕事をするつもりはない。目につかなければそれでよし。楽ができるだけだ。雑草刈りをしてくれる分にはむしろありがたい。

「あのリリーシャ、だいぶはっちゃけてるみたいですねぇ。この前も一年生10人相手に決闘をして全員ノしたみたいです」

「そりゃすごい。決闘の戦績も成績として考慮されるから、ぜひがんばってくれってところだ」

「そうなんですか？」

「戦績優秀なら国内の望む各機関への推薦状も書いてもらえたはずだ」

いわゆる就職に有利ってやつだ。選り取り見取りの貴族とは違って平民ならぜひ狙《ねら》いたいってところだろう。

とはいっても現実はそう甘くない。好成績者の大半は貴族が占めているから、平民が入る枠はほぼない。それでも毎年のように何かしらの夢を持って入学してくる人間が後を絶たないのが、この学園のすごいところだ。

「というかお前、なかなかの情報通だな」

「そりゃーアルフィス様の側近として情報は常に仕入れてますよ」

「お前、なかなか優秀だな」

「えーへへー」

　おっと、あまり褒めると五重の塔の弁当が一つ増えるかもしれない。これだって最初は二段くらいしかなかったからな。

「ところでレティシアがいないな」

「ここ最近は第二訓練場にいるみたいですよ。リリーシャに負けたのがよっぽど悔しかったみたいですね」

「偉い、偉い。じゃあ食い終わったら見に行ってやるか」

　五重の塔弁当を急いで食べて処理してからオレ達は訓練場へ向かった。

　ところが何人か訓練している生徒がいるだけで、レティシアの姿がない。

「入れ違いか？」

「そうかもしれませんね」

　仕方ないので第二訓練場を出るとちょうどレティシアの後ろ姿が見えた。

　声をかけようと思ったが、その表情がかなり険しい。このオレでさえ一瞬でもゾッとしたほどだ。

「レティシアの奴、あんな顔をしてどこへ行くんだ？」

「またリリーシャに何かされたんですかね？」

　それだけならいいが、あいつがそんなしょうもないことで怒るとは思えない。何せ正義の主人公だからな。

オレは興味本位でレティシアの後を追った。

＊＊＊

私、エスティは昼休みを利用して第二訓練場で自主訓練をしていました。

そこへデニルさんとお友達のお二人がやってきて私を取り囲みます。デニルさんは私と対戦した伯爵家のご子息です。

身分平等とはいっても、とても逆らえる雰囲気ではありません。

「少しツラ貸せや」

「え、でも……。もうすぐお昼休みが終わりますし……」

「少しだよ、少し。それとも平民ごときに決着をつけられなかった貴族だと思って見下してんのか？」

「そ、そそそ、そんなことはありません！」

こうして私は渋々デニルさん達についていくことになりました。第二訓練場を出たところに少し人の目につきにくい林があります。そこで私はデニルさん達に囲まれました。

「平民のくせに一丁前に訓練なんかしてんじゃねえよ」

「い、いえ、一丁前というか二丁前というか……」

「ここじゃ身分平等なんて言ってるけどな。だからといって身分差が消えてなくなるわけじゃねぇ。意味はわかるな？」

「はい……」

デニルさん達がニヤニヤしています。とっても悪い予感がするのです。

「お前、次の模擬戦の授業で俺に負けろ」

「え、そ、そんなのはちょっと……」

「俺にはお前みたいな平民と違って輝かしい将来があるんだよ。それとも何か？　お前は俺の将来より自分が大切ってか？」

「え、あう……そういうことは……言ってませんけど……」

ううう、なんでこんなことになっちゃったんだろ。

あの自己紹介の模擬戦で私がしぶとかったのが相当気に入らなかったようです。私は戦闘経験なんかろくにありませんし、とにかく逃げ回っていただけなのに。

「お前の父親は確か工場を経営していたよな」

「な、なぜそれを！」

「あそこの工場の得意先がうちなんだよ。何が言いたいと思う？」

「そんな……」

なんで、なんで私がこんな目に。それにお父さんを巻き込むなんて。

苦労して入学費用を出してくれた以上、絶対に迷惑はかけられません。

誰か、誰か助けて――

＊＊＊

こっちはあえて見つからないように木陰に身を隠して様子をうかがうことにした。

デニル達とエスティの前に颯爽と現れたのはレティシアだ。

オレ達がレティシアを尾行すると、なかなかの場面に出くわした。

「そこまでです」

「レティシア様！　なぜここに⁉」

「あなた達が強引《ごういん》にエスティさんを連れていくところを見たのです。来てみればやはりこのようなことになっていたのですね」

「ご、誤解ですよ。俺達は元々仲がいいんです。な？」

デニルが取り繕うようにしてエスティに目線で脅迫していた。本当のことを言えばどうなるかわかるなと言わんばかりだ。

「エスティさん、そうなのですか？」

「わ、私の名前を、ご存じなのですか？」

「同じ学園に通う仲間です。全学年の方々はすべて知っています」

「すごい……」

レティシアはそういう奴だ。人を大切にする。更にこの根性の座りようは他じゃなかなか見られない。

「それでエスティさん、どうなのですか？」

「……えっと」

デニルが目で射竦めんばかりにエスティを睨みつけていた。

そこへレティシアがエスティの手を握る。

「エスティさん、もう大丈夫なんですよ。あなたの勇気を私が導きます」

エスティは唇を噛んだ後、堪《こら》えるようにして口を開いた。

「……脅されて、いました」

「はい。よくわかりました」

エスティに微笑みかけた後、レティシアがデニル達を見た。その表情はエスティに見せた笑顔とは違う。まるで罪人でも見るかのような冷たい目だ。

萎縮したデニル達はすっかり青ざめている。まぁ一国の王女様にここまで軽蔑《けいべつ》されて平気な奴はいないわな。

「デニルさん、ケーターさん、ビズさん。あなた達はエスティさんを脅迫しました。これがどういうことか、わかりますか？」

「ち、違うんです……ちょっとふざけただけなんです……」

「このことは私のほうでしっかりと預かります」

「あの！　俺達はどうなるんでしょうか⁉」

この時、昼休み終了前の鐘が鳴った。これは昼休みが残り約10分で終わる合図だ。

「いけませんね。皆さん、午後からの授業が始まります。エスティさんも行きましょう」

「は、はいっ！」

レティシア達が校舎のほうへ走っていった。まだ残っているのはデニル達だ。

「……クソッ！　なんでこうなるんだよ！」

「デニルさん、まずいです。レティシア様に目をつけられたら終わりです」

「なんだってレティシア様はあんな平民を庇《かば》うんだ！　腹立つなぁ！　マジでイライラする！」

「エスティのことは諦《あきら》めましょう……」

デニルが頭をくしゃくしゃと掻《か》いている。なるほど、やっぱり反省はしていないと。思い出したけどこれは確かサブイベントだったな。

確かエスティは名無しのモブだった。この後はどうなるかというと、オレにはわかっている。

ゲームのアルフィスはノータッチだったけどオレは違う。

「よう、こんなところで何をしてるんだ？」

「お、お前は！　いや、アルフィス……様！」

「名前を覚えてくれたか。そんなに怯《おび》えなくても、入学式前のことはなんとも思ってない。それでどうした？」

「い、いえ、少し休憩していただけです」

校門付近でオレに絡《から》んできた時はバルフォント家の人間だと知らなかったからな。今は明らかに萎縮している。レティシアに続いてオレが来たんだから、内心穏やかじゃないだろう。

「そうか。オレはてっきり何か悪だくみをしているんじゃないかと思ったよ」

「ハ、ハハ……そんなわけありませんって……」

「それならいいんだがお前ら、本当に気をつけろよ。場合によっては停学や退学どころじゃないからな」

「そう、そうですよね」

青ざめたままのデニル達が愛想笑いをしている。

一応登場して脅しかけてみたけど大した効果があるようには見えないな。これで改めてくれるとこっちも楽なんだが。

これは本来もっと後に起こるサブイベントだから、この後の展開は今のレティシアだと少し厳しい。

「いくらエスティに負けて悔しいからって、くれぐれも報復しようなんて考えるなよ」

「えっ……いや、そんなのは、ないですって……ハハ……」

「そうだよな。適当に言ってみただけだからな」

「アハハ……あ！　授業が始まる！」

青ざめて汗ダラダラのデニル達は逃げるようにして校舎に走っていった。すたこらさっさーとばかりにいなくなったな。さて、オレも戻るとするか。

「ルーシェル、足を魔力強化して戻るぞ。これも訓練だ」

「はいっ！」

オレ達は魔力強化して走るとあっという間にレティシアやデニル達を追い抜いていった。こういう日常でも訓練を怠らないのが強くなる秘訣《ひけつ》だ。

さて、あのデニル達が大人しくなるわけがない。もう一仕事くらい頑張るか。

＊＊＊

「まったくよ。苦労かけさせせんなよ」

俺、デニルの前にいるのは兄貴のデニーロとデニーロ派の二年生達だ。ここは学園の外れにある魔道具倉庫、滅多に誰も立ち寄らないから兄貴達のたまり場になっている。

「可愛《かわい》い弟を舐めた下級生のガキを俺が捕まえてやったわけだけどさ。この苦労、わかるか？」

「んーーーー！　んんーーー！」

その兄貴の足元にはエスティが縛られて転がされていた。口も封じられたエスティが必死に暴れている。

ブルックス家の長男にして次期当主、デニーロの兄貴は学園の二年生だ。そう、兄貴はここまでやるイカれた奴なんだ。

「この平民のガキくらいお前らでどうにもできなかったのかよ。あん？」

「すみません……」

俺、デニルと他二人のケーターとビズは兄貴の前で正座して震えていた。

何せデニーロ派は学園内でも過激派と呼ばれていて、気に入らない奴がいたらすぐ決闘をしかける。それもかなりもっともらしい理由だから教師達にはほとんど怪しまれない。

断れば決闘の結果よりひどいことになる。例えばそいつの素性を調べて家に押しかけるとかな。デニーロの兄貴は弟の俺であろうと容赦しない。子どもの頃、デニーロの兄貴に逆らった時はマジで殺されるかと思った。

そんな兄貴は父上に一目置かれているものだから、やりたい放題だ。

「なぁ、デニル。お前、どこで生まれた人間だっけ？」

「ブ、ブルックス家です……」

「だよな。ブルックス家の家訓『向かってくる奴は屍にして踏み台としろ』、要するにやられっぱなしで終わるなということだ。それはデニーロ派とて例外じゃない」

「は、はい……ぎゃあぁぁッ！」

オレの体に電流が走った。兄貴が得意とする雷魔法だ。

悶えて転げまわる俺の頭を兄貴が踏みつけてくる。

「ブルックス家代々に伝わるこの雷魔法は昔から拷問として使われてきた。だが、かわいい弟に使いたくないんだよ。なぁ、この弟を思う気持ちがわかるか？」

「すみません、すみません、兄貴……」

「元は平民だったブルックス家を最速で成り上がらせたのがこの雷魔法だ。雷は他の属性魔法と違って応用が利《き》かないなんてほざく奴もいるがな」

「か、雷は……光の速度で放たれる……。殺傷力なら全属性一……」

俺がそうつぶやくと兄貴はニカッと笑った。

「そぉおーだそうだそうだぁ！　さすが我が弟、わかってるなぁ！　お前こそが次期当主に相応《ふさわ》しいかもなぁ！」

途端に機嫌がよくなった兄貴は俺の頭を撫でた。それから俺をまた正座させてから、その辺の魔道具に腰をかける。

「レティシア姫か、ありゃいいよなぁ。弟が夢中になるのもわかるぜ。なぁ、お前ら」

「ええ、今年入学してくると知った時は心が躍りましたよ」

「見てるだけでたまんないっすわ」

デニーロ派の先輩達が賛同した。

俺がつれている他の二人はずっと震えていて言葉すら出ないみたいだ。

「しゃあねぇなぁ。よし、レティシア姫を拉致《らち》するか」

「あ、兄貴！　それはさすがにまずいんじゃ！」

「なに物申してんだよ。元はと言えばお前が舐められっぱなしで帰ってくるのが悪いんだろ。この弟を思う気持ち、理解できるだろ？」

「でも、それをどうやって……」

「そんなもんデニーロ派総出で……」

兄貴がそう言いかけた時、何か違和感があった。後ろに何かいるのか？

「おい、なんだお前は？」

兄貴がそう呼び掛けた先にはそいつがいた。魔道具倉庫の隅に立って冷ややかな目つきで俺達を見ている。

「ア、アルフィス……様？」

「よう、デニル。なかなか兄弟仲がよさそうで羨ましいよ。オレのところは微妙でなぁ」

「あの、き、聞かれていたので？」

「いや、『レティシア姫を拉致するか』あたりからしか聞いてない」

オレは尻《しり》が縮こまる感覚を覚えた。背筋が冷たくなり、思わずアルフィスとリリーシャの模擬戦を思い出す。その時もこいつは一切《いっさい》手の内を見せずにリリーシャを完封したんだ。

「アルフィス様！　どうかこのことは生徒会には言わないでください！」

「生徒会になんて言うかよ。こんなもん校則違反ってレベルじゃない」

アルフィスが兄貴を見る。兄貴も口元を歪《ゆが》めて片手に魔力を込めた。

「アルフィス……お前が噂のバルフォント家か。王国の柱だの言われているがその実態は謎……。九年前のデマセーカ家失踪事件に関わっているなんて噂もあるがな」

「だから何だ？　まさかそれで『そうだ、オレ達がやった』なんて言うとでも思ってるのか？」

「言わないなら言わせてみるのも面白いかもな。なぁ、お前ら」

兄貴の声で二年の先輩達が一斉に武器を持って構えた。

「おい、デニル。何をボケっとしてやがる。お前らもやるんだよ」

「え、でも……いえ、わかりました」

俺も仕方なくやることにした。なに、これだけの数だし先輩達もいる。俺達と二年生、たかが一年の差だけど実力は遠く離れているからな。

特にデニーロ派は一年の頃から決闘を繰り返してきた。その勝率は同学年の人間と比べても高い。そこにいるデニーロ派幹部のローグイドさんは勝率が8割を超える化け物だ。

「デニーロ様、ここは俺に任せてください」

「ローグイドか。お前の実力なら問題ないな」

ローグイドさんの得意武器はナイフだ。一見して地味でリーチも短いが、体中に無数のナイフを仕込んでいる。投げてよし、斬ってよしの刃の体を持つローグイドさんに接近戦を挑むバカはほぼいない。

「お前がデニーロ派のナンバー2か」

「バルフォント家だか知らんが、型にはまった戦い方しかできないならお前は俺には勝てん」

「お前は型通りじゃないと？　へぇ……」

「すぐにその舐めた口を利《き》けなくしてやる！」

先に仕掛けたのはローグイドさんだ。ナイフを一本、二本、三本と両手でジャグリングしながら斬りかかる。

ナイフの利点は小回りが利きやすいことだ。リーチがなくても重さがない分、体を自由に動かしやすい。

攻撃の切り返しが圧倒的に早いから手数で——

「がはッ……！」

「お前な、曲芸をやりたいならそっちの道に進めよ」

「バ、バカな……見えなかっ……た……」

「いくら軽い武器で自由に動けるからって、自由過ぎたら意味ないんだわ。隙だらけ乙ってやつだな」

ローグイドさんが大きく斬られてから黒い霧のようなものに包まれる。血が流れる前にローグイドさんの体が消えてしまったから兄貴達も絶句した。

何よりアルフィスの持つその剣だ。禍々《まがまが》しいデザインに漆黒の刃、見ているだけで不安になるその剣は明らかに普通じゃない。

「お前、その剣は……？」

「魔剣ディスバレイド。名前くらい聞いたことあるだろ？」

「本物のわけがない……」

「本物だろうが偽物だろうがお前ら、一匹たりとも逃がさんからな」

アルフィスが魔剣を構えた時、ようやく俺達は事態を察した。

バルフォント家に関する噂が本当であったこと。その力を俺達はまったく理解していなかったこと。今更後悔してもすべてが遅かった。

＊＊＊

ブルックス家長男のデニーロ。不良漫画に出てきそうな風貌で、二年生の柄の悪い人間を集めて猿山の大将を気取っている。こいつはいわゆるサブイベントのボス的立ち位置だ。

ただし今のレティシアには少し荷が重い相手だな。今のレティシアは一年生相手に決闘をして経験を積むのが相応しい。二年生の相手はまだ早い。

サブイベントのボスは本編のボスよりも少し強く設定されていることが多かった。今回は少し早くサブイベントが起こってしまったようだ。

「ローグイドは死んだのか？」

「あぁ。お前ら同様、この学園……いや、この国には必要がないからな」

「バルフォント家だってただの貴族だろうが！　そんなことをしてただで済むと思ってんのかよ！」

「済んでるからこうして来てやったんだが？」

吠えるデニーロにオレは冷ややかに返した。

後ろには縛られたエスティがいるな。あの状態だとかわいそうだから、先に解放してやろう。

俺は足に強化魔法をかけて軽くステップしてから走った。デニーロの脇《わき》を通り抜けてから、魔剣でロープを斬る。

「ぷはっ！　ア、アルフィス様……」

「ひとまずここでおとなしくしていてくれ」

　エスティは何かを察したのか、何も追及してこなかった。背後を取られた形になったデニーロ達はようやくこちらに気づいて振り向く。

「は、速い！」

「お前らが遅すぎる。たぶん二年生にしては強いが、その認知で生きていても遅かれ早かれ死ぬぞ」

「何をほざきやがる！　おい！　てめぇら、こいつをぶち殺せ！」

　残った二年生が一斉に攻撃を仕掛けてきた。

　魔法を使える奴は二人か。氷と地魔法で練度はそこそこ、ただしコントロールが少し下手だな。

　氷柱と岩をそれぞれ魔剣で叩き割り、今度はオレの魔法を見せてやるとしよう。

「ダークニードル」

　二年生達に向けて無数の闇《やみ》の刺《とげ》が放たれた。それぞれ武器での防御を試みるが無駄だ。闇の刺は武器をすり抜ける。

「ぎゃあぁッ！」

「ぐっ！」

「あぐっ！」

　二年生に刺さった闇の刺はすぐにかき消えた。これだけ見ると倒れて血を流している二年生が何にやられたのかまったくわからない。

「な、なんで防御が……！」

「闇属性は実態のない攻撃を行えるのが強みだ。それでいて的確に相手の肉体を貫く。岩や氷じゃこうはいかないだろう？」

「だったら雷《かみなり》だって！　ライトニングビーストッ！」

デニーロの体が雷に包まれて、獣のようなシルエットを形作った。バチバチと音を立てて雷の獣となったデニーロがオレを威嚇するように二つの拳を向ける。

「クッハハハハハッ！　いいねぇ！　これがバルフォント家か！　だが実態がない魔法なら雷が上だな！」

「確かにな。これは人間の反応速度ではなかなか対応できないだろう」

「そういうことだ！　攻撃に重きを置けば雷こそが最強だ！　闇とかいう根暗魔法なんざ正面きって戦えば怖くもなんともねぇ！」

「そうかそうか。じゃあ、こいよケダモノ」

雷をまとったデニーロが突進してきた。魔剣でそれを受け止めるとかすかにオレの立ち位置が後退する。そこそこの威力だな。

「どうだ！　防戦一方だろ！　こんなものじゃないぜ！」

デニーロが倉庫内を駆け回った。目で追えない速度で移動してご満悦だ。

死角から奇襲するってか？

「これこそがブルックス家を貴族の地位にまで引き上げた力だ！」

「あ、兄貴！　俺達のことを忘れないでくれ！」

「うるせぇ、愚弟が！　何の役にも立たねぇブルックス家の面汚しはそこで巻き添えくらってろぉ！」

「ひぃぃーー！」

弟のデニルと他二人が頭を庇《かば》って縮こまっている。こいつらのことは後に回すとして、この救いようがない男を適当にどうにかしよう。

「まぁまぁのものを見せてもらったよ。お礼になるかわからないけど、オレからもう一つだけ手の内を明かそう。シャドウエントリ」

「消え……」

デニーロが頭を振って消えたオレを探していた。

「ぐぁぁッ！」

デニーロの影から飛び出した魔剣が腹を貫く。そのまま影の中から登場したオレをデニーロが憎々しく睨んだ。

「が、がはっ……げほっ……な、何が……」

「起こったかってか？　シャドウエントリは影に潜む魔法だ。いくら相手が速かろうが影もそれについていく」

「う、し、死にたくない……」

「根暗魔法なもんでな。雷魔法みたいにかっこよくはいかないみたいだ」

「死に、たく……」

デニーロが膝をついてからそのまま倒れた。血だまりに倒れたデニーロを見て、エスティが小さく悲鳴を上げる。一般生徒には少し刺激が強すぎたな。

「怪我はないか？」

オレが呼び掛けても反応がない。ただ茫然としてオレから目を離さなかった。

「こりゃなかなかショックが大きそうだ。エスティ、聞いてくれ」

「は、い……」

「ここで起こったことを口外しないでくれ。口外したところでオレの活動に影響はないが、バルフォント家がお前に何をするかわからないんでな」

「はい……」

これはいわゆる放心状態ってやつか？

死か失踪か、どうなるかはわからないけどバルフォント家に仇成《あだな》す奴で無事でいた奴は一人もいない。翌日にはその人物がいた痕跡すら消えているだろう。

これがバルフォント家への追及がタブー中のタブーと言われている理由だ。

「ということだ、デニルとその他。わかったか？」

「や、やめて、命は、命だけはぁ！」

「さすがにエスティの前でクラスメイトを殺すのは気が引ける。お前らは帰してやろう」

「ほ、本当、ですか？」

安心しきったデニルの頬を思いっきりぶん殴った。安置されている魔道具に頭から激突して歯が乱れ飛ぶ。

それからビズとケーターの髪を掴んでから床に叩きつけた。

「いぎゃあぁぁーーーーー！」

「あがぁ！　あいいあぁぁーーーー！」

「すげぇ奇声だな。どっちかというとオレが殺してやりたいのはお前らのほうだから、これくらい我慢しろ」

泣き叫ぶ三人を見下ろしてからオレは更にそれぞれに一発ずつ蹴《け》りを入れた。たまらずデニルが吐いて、他の二人はすでに気絶している。

「やめれぇ……もうひまぜん……殺ざなひれぇ……」

「エスティやその家族に手を出したら次は確実に殺すからな。わかったらとっととそこのゴミ二つを回収して消えろ」

「ご、み……？」

「お前が引き連れていたそれとそれだよ。魔力強化でも何でもしてとっとと運び出せ。オレの気が変わらないうちにな」

「はいぃ！」

デニルが他の二人をがんばって引きずって倉庫の外に出した。オレはそれを見届けた後、倉庫から離れる。

それからオレが片手を上げると暗闇《くらやみ》の中から何人かが出てきて倉庫の中へと入っていった。

あれがバルフォント家お抱えの特殊清掃班だ。特殊清掃班は国中の至る所に存在する。実はオレも顔はまったく知らない。知っているのは当主のレオルグのみで、大体オレの周辺に潜んでいるからありがたい。

裏方の仕事をしているということでオレは密かに黒子《くろこ》と呼んでいる。やろうと思えば首根っこ捕まえて顔を見てやることもできるんだろうけどな。さすがにそれは悪いから遠慮している。

いつもササササと移動しているから、最近じゃかわいらしく見えてきた。

＊＊＊

私は目の前で起こっていることが段々わからなくなってきました。二年生の怖い先輩達に拉致されたと思ったら、アルフィス様がやってくる。あぁ、助けに来てくれたんだと安心したのも束の間。

先輩の一人が斬られて暗闇の中に消えていきました。え？　殺した？　私は何を見ているんだろう？　この瞬間から私は夢の中にいる感覚に陥りました。

「ローグイドは死んだのか？」

「あぁ。お前ら同様、この学園……いや、この国には必要がないからな」

二年生を前にして、そう笑うアルフィス様の顔を見て背筋が凍ります。

まるで虚空《こくう》を見つめるかのような、まるでそこにいる人間を人間として認識していない。いや、人間ですらないと捉《とら》えているようにも見えました。

瞳《ひとみ》の奥は無限の漆黒が広がっているかのように暗く冷たい。深淵の底から生まれた何かとすら思えてきます。

先輩達もそれを察したのか、アルフィス様に攻撃を仕掛けます。あれだけの数、いくらアルフィス様でも勝てっこない。私は思わず目を瞑《つむ》ってしまいました。

「ぎゃあぁッ！」

「ぐっ！」

「あぐっ！」

目を開けるとそこには血を流して倒れている先輩達がいました。見えない無数の凶器に貫かれたかのように体中から血を流しています。

私は胸の中で何かがうずきました。とても残酷で怖いことが行われているのに私はどうしてしまったのでしょう。

ここから逃げたいという気持ちがまったく芽生えません。それどころか見続けたいという欲求が膨らんできます。

「どうだ！　防戦一方だろ！　こんなものじゃないぜ！」

早すぎて何が起こってるのかわかりません。私があと一歩でも動けばたぶん攻撃に巻き込まれて死にます。

でもなぜでしょう。私はもっと近づきたいと思ってしまいました。ギリギリのところで見続けたい。怖いけど背筋に何かが這い上がってくる感覚です。それは不快でもあり気持ちのいいものでもありました。

アルフィス様が負けたら私はどうなっちゃうのかな。きっと想像もつかないことになる。そんなアルフィス様は今、どんな顔をしているんでしょうか。

「まぁまぁのものを見せてもらったよ。お礼になるかわからないけど、オレからもう一つだけ手の内を明かそう。シャドウエントリ」

アルフィス様が消えました。次の瞬間、下から刃が突き出てデニーロ先輩の腹を貫きます。

血が滝のようにビチャビチャと床に落ちて、先輩はついに倒れました。

何が起こったのかさっぱりわかりません。血がいっぱい出て先輩が死にそうなのに私はどうかしてしまいました。胸の高鳴りを抑えられなくなっています。

「根暗魔法なもんでな。雷魔法みたいにかっこよくはいかないみたいだ」

「死に、たく……」

そう言ったきり、先輩は動かなくなりました。先輩が死んだ。アルフィス様が殺した。ここは学園なのにそんなことが許されるの？　アルフィス様はとんでもない悪人なのでは？

そんな常識が私の頭からスゥッと消えていくのがわかりました。

「怪我はないか？」

手を差し伸べるアルフィス様を見た瞬間、私は思考が停止しました。

そこにいるのは血塗られた王子様、闇の貴公子。そう、私はとても興奮しています。

＊＊＊

ここの死体はバルフォント家お抱えの特殊清掃班が片づけてくれる。今日のことは何らかの事故で片づけられるはずだ。

「立てるか？」

「えっ、あ、あっ……」

「どうした。歩けないのか？」

「ちがっ……」

顔が赤いな。熱があるのかもしれない。ひとまずエスティの手をとってサポートした。

「聞きたいことはあるだろうけど我慢してくれ」

「アルフィス……様……」

「おい、さっきからどうした。女子寮の入り口まで送るからそこまでで勘弁してくれ。さすがに中には入れないからな」

「ふぁひぃ……」

こりゃよほどショックを受けたな。ただし悪いのはオレじゃなくてマフィアごっこしていたDQN《ドキュン》どもだから罪悪感はない。

彼女がどこを目指しているのかはわからないけど、こんな世界じゃ人が死ぬところを見る機会はそれなりにあるはずだ。予行演習だと思って耐えてほしい。

それから女子寮に着くまでの間、エスティは一言も喋らなかった。

「じゃあな。明日も授業があるから早めに休め」

「あの……」

「ん?」

「あ、ありが、あああありがががが……」

エスティが真っ赤《まっか》になったまま壊れたラジオみたいな声を出す。やっぱりショックが大きかったみたいだな。まぁ一晩休めば気が落ち着くだろう。

「どうした。オレは女子寮の中には入れないから、ここからは自力で帰ってくれ」

「は、はいひひひ……」

「昔、女子寮に潜入した奴が生徒会に目をつけられて退学になったらしいんだ。というわけで、じゃあな」

「あ、あ、の……」

このままやり取りしても埒《らち》が明かないのでオレは退散することにした。

ちらりと後ろを見ると、まだぼーっとして立っている。さすがにもう知らんぞ。

＊＊＊

翌日、デニル他二人とデニーロ含む二年生達が魔道具倉庫に忍び込んで爆発事故を起こしたと学園内に報じられた。

原因は取り扱い注意の魔道具をうっかり操作して魔力が膨れ上がってしまったことによる爆発らしい。これにより二年生は全員が死亡、一年生は重体だった。

デニル達は救助されたものの怪我が深刻で治療院でも手の施しようがないらしく、近々退学の手続きをするようだ。

「アルフィス様。ここの学食、なかなかの味ですね」

「食材調達と調理の専門チームがいるくらいだからな。学費が高くて厳しい分、待遇はいい」

食堂にてオレ達は五重の塔みたいな弁当じゃなくて学食を食べていた。

この学食は下手な店よりかなりおいしい。何せ舌が肥えた貴族達が通う学園だから、それなりのものを用意しているようだ。

せっかくの料理なのに、この場で穏やかに食事をしているのはオレ達だけみたいだな。

「ヒソヒソ……デニル様、せっかく伯爵家に生まれたってのになんてバカなことをしたんだ」

「前々から見下した感じが鼻についたし、ざまぁみろだよ」

「一緒にいた二人もだいぶ調子に乗ってたからスッキリしたぜ」

学園内のどこを歩いてもこの話ばかりだった。

まったく恐ろしい事件が起こったものだ。魔道具の中には取り扱いを間違えると一気に魔力が膨れ上がって爆発するものがあるからな。

「いい歳《とし》して魔道具に悪戯だなんてなぁ。ルーシェル、そう思うだろ?」

「まったくですよ。うっかり触れたら命取りになるものが世の中にはたーくさんありますから、ね？」

「なんでオレを見るんだよ」

「これだけの事故ですからね。デニル達の家にも怖い人達がお訪ねしちゃいそうですねー」

こいつ、ちゃんとわかってるじゃないか。もちろんデニル達に関しては殴る蹴るだけで済むはずがない。後日、家族の誰かがデニル達の家を調査した上できっちり処遇を決めるだろう。ブルックス家は雷魔法で急速に成長したが、それだけが原因か？　デマセーカ家みたいに叩けばいくらでも埃《ほこり》が出てくる可能性だってある。今度はその埃に引火しなきゃいいけどな。

「あ、あの……」

「ん？」

話しかけてきたのはエスティだ。何も持っていないから一緒に食事がしたいわけじゃなさそうだな。

「お、お話があります……」

「お話？」

昨日の今日で一体何だって言うんだ？　エスティの表情を見る限り、なかなか真剣な話のようだが。

エスティがオレの前に差し出したのは人形だった。二頭身のマスコットで、黒い髪の男がこの学園の制服を着ているように見える。まさかこの人形が昨夜の礼か？

「これはアルフィス様です！　私……アルフィス様ファンクラブを立ち上げることにしました！」

「……は？」

「昨日、アルフィス様に助けられた時に私はあなたというお方に惹《ひ》かれて……ですが私ではあなたとは釣り合いません」

「いや、待て」

なんか急に早口になってとんでもないことを口走っているんだが？

この場にレティシアがいたらいい感じに収めてくれたかもしれない。こういう子の扱いはあいつのほうが適任だと思うが、今はたぶん訓練場だ。

「そこで私はアルフィス様を応援することにしました。もちろん中途半端《ちゅうとはんぱ》な気持ちじゃありません。やるからには真剣です」

「だから待て。まずファンクラブってなんだ」

「アルフィス様に惚れて本気で応援したいと思う方々が集まる場所です」

「落ち着け。昨日、どこか頭でも打ったか？　よかったらいい治癒師を紹介しようか？」

バルフォント家お抱えの治癒師なら、この状態をなんとかできるかもしれない。間違ってもミレイ姉ちゃんにだけは見せないようにしないと。

九年前はキスを強要されただけで済んだけど、今は何を求めてくるかさっぱりわからんからな。

「あーのさぁ！　さっきから勝手なことばかり言ってるけどさ！　アルフィス様にはボク一人だけでじゅーぶんなんだからね！」

「はい！　もちろんアルフィス様の素敵な従者であるルーシェル様には敵《かな》いません！　私達はあくまで遠くから応援します！」

「よくわかってるじゃん。見込みがあるからお前はボクの手下にしてやってもいいかな」

ちょろすぎだろ、このクソ天使。つまりエスティの暴走を止める奴はオレ以外にいなくなったわけだ。

第一にオレに応援なんて必要ない。別に自分がやってることを誰かに認められたいわけじゃないからな。この世界の攻略というのはオレが自己満足でやっているに過ぎない。

それに学園での仕事柄、目立ちすぎるのもよくないはずだ。これは絶対にやめさせるべきだ。心を鬼にしてオレの意思を伝えよう。

いや、待て。今、「私達」って言わなかったか？

「エスティ、そのファンクラブにはすでに何人かいたり……しないよな？」

「会長の私を含めてすでに七名が集まってます！」

「フットワーク軽すぎだろ！　大体オレのファンなんかどこにいるんだよ⁉」

「アルフィス様ってかっこいいし、密かに憧《あこが》れている子はいるんですよ。ほら、あそこにも……」

エスティが指した席を見ると、ちょうど女の子が顔を逸らした。あいつが会員の一人か。まったくオレのあずかり知らないところでとんでもない集団が結成されつつあるな。

昨日の件を引きずってトラウマになってるかと思ったら、変な方向に振り切れてしまった。落ち込んでるよりはマシと考えるべきか。こんなことになるなら助けるべきじゃなかったかもしれん。

「そのファンクラブってのはあくまで遠くから応援するだけか？」

「はい、もちろんです。ただし！　アルフィス様はとても私のような下賤な平民が近づいていいようなお方ではありません。それは他の会員も同様です」

「どういうことだ？」

「アルフィス様に告白するのは厳禁！　あくまで私達は純然たるファンでいるべきなのです！」

「そ、そうか」

あまりの気迫にシンプルに返答してしまった。

まぁ告白されたところで断るけどな。オレは恋愛を楽しみたいわけじゃないし、そんなものは攻略の邪魔だ。ゲームに恋愛要素がほしいなんて声があってカップリングの妄想による二次創作なんてのがあったけどな。

いやしかし、これはどうする？　今更やめさせるのは極めて難しい。人を殺すのはなんとも思わないけど、こういうところでは葛藤してしまう。

結論として邪魔にならなければ問題ないか。いや、すでに邪魔なんだがそれはこれからの話だ。すでにこっちのクソ天使も陥落済みだし、もう放置しよう。

「エスティ、ボクがファンクラブに入ってあげるよ」

「本当ですか⁉ 従者の方に入っていただけるならぜひ！」

「ボクが直々にアルフィス様の魅力を教えてあげるよ。ただし生半可な根性じゃついてこれないけど覚悟はいい？」

「はいっ！」

はいっじゃねえんだよ。生半可な根性じゃ理解できないオレの魅力ってなんだよ。

ルーシェルとは長い付き合いだけど、ここにきて少し怖くなってきたぞ。

「よし、じゃあまずは……」

「騒がしいわね」

ルーシェルの言葉を遮《さえぎ》ってやってきたのはリリーシャだ。

二つのハンバーグ定食をテーブルに置いてから、オレ達を嘲笑するように見る。そうだ、こいつ見た目に反して大食いなんだよな。

「ファンクラブがどうとか聞こえたけど、そんなにうわついていて勉強のほうはどうなってるのかしら」

「そ、それは、がんばってます」

「平民が『がんばっている』程度で乗り切れるとでも？　だからあなた達平民はいつまでも平

民なのね」

エスティが黙ってしまった。あれだけオレが泣かしたのにこいつ全然懲りてないな。

「そんな男のファンクラブだなんてどうせろくなもんじゃない。私達、生徒会が不適切だと判断したら即活動停止よ」

「おいおい、今日はまたずいぶんと機嫌が悪いじゃないか。生徒会のお仕事がよほどうまくいってないのか？」

「アルフィス、あなたに関係ないじゃない」

「魔道具倉庫爆発事故の件、生徒会側で先にあの手の輩を取り締まれなかったのがよっぽど悔しかったか？」

オレの言葉に反応してリリーシャがナイフとフォークの手を止めた。

「なに、ケンカを売ってるの？」

「いきなりやってきて悪態をつかれたんだから、こっちとしても気になるだろ。嫌なら他の席に移れよ」

「他の席が空いてないから仕方なく座っただけよ。勘違いしないで」

「あそこら辺とかだいぶ空いてるけどな」

苦し紛れのウソがばれたリリーシャがオレを睨みつけた。オレに負けて以来、気になってしょうがないんだろうな。そこへファンクラブなんて単語が聞こえたから、さりげなくやってきたと。

「と、とにかく下らないファンクラブなら即潰《つぶ》すわ！」

「オレに言うなよ」

「あなたも一度勝ったくらいで調子に乗らないことね！　あの時は『こんなものでいい』という意識が強すぎたせいで負けたの！　次は手加減しないわ！」

「はいはい」

それを言い出したらアドバンテージを取られたレティシアだってそうなんだけどな。

文句を垂れながらもリリーシャは二つのハンバーグ定食をみるみるうちに処理していった。

食欲だけならお前の勝ちだよ。

＊＊＊

「学園長、ご苦労だった」

オレは学園長室で学園長に労《ねぎら》いの言葉を送った。

デニーロ達の件に関する隠蔽工作にはこうした現地の人間の協力が欠かせない。あいつらは退学手続きを取るということになっているが、事実上の強制退学だ。

「いえいえ、バルフォント家のご子息にはいつも助けられております……。問題児はいつの時代もいなくなりませんのでな」

「デニーロ達はこれまでも脅迫行為を行ったり生徒を精神的や肉体的に追い詰めて何人も潰していたらしいからな」

「まったくです。未来ある子どもが、なんてのたまう輩もいますが、奴らは人間ではなく怪物です。未来など必要ありません」

「だったら魔物討伐も必然というわけだ」

学園長は皺だらけの顔を綻ばせた。こうやって学園長自らが協力してくれて大々的に発表することで隠蔽が完了する。

勘が鋭い奴は気づいているかもしれないが関係ない。気づいたところで何もできないし、コソコソと探るような動きをすればこの世とお別れすることになる。

「デニーロのような輩が大人になってはより多くの人間が泣かされたでしょう。教育などという綺麗ごとですべての人間がまともになれば苦労はしませぬ」

「退学させただけじゃ足りないって気持ちはよくわかる。あんたもなかなかの苦労人だな」

「いやはや、まったくです……。あれから関係者への説明でヘトヘトになりました……」

学園長はレオルグとも親交がある。更にバルフォント家は学園への多額な融資を行っているから、頭が上がらないのだろう。

「ところでまた何かあったのか？　わざわざ呼びつけるということはそういうことだろう？」

「はい。実は最近、生徒会が過激になりすぎております。というより一部の生徒といったほうが正しいのですが……」

「リリーシャか?」

「ご、ご存じでしたか」

ここ最近、リリーシャは過激な手段で取り締まりをしているようだ。怪我をさせられる生徒が続出していて生徒会への不信感が募っていると聞いている。確かにリリーシャは問題かもしれない。が――

「原因はあんた達にもあるだろう」

「わ、私どもに……」

「生徒会に権限を与えているのは誰だ? 成績上位という基準のみですべてが優秀と決め込んで、成長途上の生徒に秩序を委《ゆだ》ねている。それで都合が悪くなったらオレ頼みというのはおかしいだろう」

「確かに……その通りです」

学園長がソファーに座ったまま項垂《うなだ》れた。言いたいことはまだあるけど学園長を責め立ててもしょうがない。

「リリーシャの件はオレがなんとかしよう」

「や、やっていただけますか! ありがとうございます!」

「ただし、どんな結果になろうと一切《いっさい》口出しをするなよ」

「はい、それはもちろん……」

オレがリリーシャを殺すのか不安みたいだな。何せリリーシャは二大貴族の跡取り娘だ。彼女が卒業すれば学園としても箔《はく》がつく。

まぁオレが学園の名誉まで考える義理はないけどな。

＊＊＊

「リ、リリーシャ様……ご、ご勘弁を……」

「だらしないわね！ 次ッ！」

屋敷の訓練場で私は召集した魔術師や剣士と模擬戦をしている。私は学園の寮から通っていないから、こういった自由が利くのが強みだ。

幼少の頃から世話になっていた教育係がもう私に勝てないから、こうして新しい人間を集めた。

「リリーシャ様！ 御覚悟を！」

次の相手は傭兵歴十六年のベテランだ。戦場では【剣将】と恐れられていたみたいで、油断をすれば一瞬でセーフティフィールドからアウトさせられてしまう。さすがの剣さばきで私に魔法を放つ隙を与えなかった。だけどこれじゃ足りない。

「遅いッ！」

「かわされただとッ⁉」

たかが魔力強化ごときで回避できるような攻撃をあいつは繰り出さない。

それにこの男のそれはアルフィスに比べたらお粗末もいいところだ。魔力強化が全身に行き渡っていて無駄が多い。

私は男に全方向からのファイアボールを浴びせてアウトさせた。終わってみれば私の体はまだまだ熱い。

「弱いッ！　弱すぎるわ！　よくそれで戦場で生き残れたものね！」

「お、お嬢様！　お言葉ですが少し言いすぎかと！」

「爺やは黙ってて！」

「ですが……！」

「黙りなさい！」

子どもの頃から何かと世話を焼いてきた爺やを黙らせた。

これればかりは妥協できない。爺やは心配しているけど、そこにいるお父様は満足そうに見ている。だからこれでいい。

今の私はパーシファム家の人間として正しいことをしている。いちいち下々の人間に情けなんかけるようではとても当主として務まらない。

「……次だ」

「しかしブランムド様。もうお嬢様は全員との試合を終えられました」

「何を言っている、爺。まだやれるではないか」

「いえ、いくらセーフティフィールドといえど痛みと精神的な疲労は残ったままです。これ以上は彼らの負担になります」

お父様のブランムドは大変厳しい人だ。私がアルフィスに負けたと知って何度も平手打ちをしてきた。これこそが当主としての在り方、こうじゃなきゃあのバルフォント家は超えられない。

「ブランムド様、我々はもう限界……」

誰かがそう言いかけた時、お父様が片手に浮かした火球を破裂させた。

小規模かつ超密度の爆発は耳をつんざくほどで、この場にいた魔術師や剣士が青ざめている。

「聞こえなかったな。もう一度言ってみろ」

強者であるほど格の違いを理解できるのか、ローテーションのように最初に戦った相手がフィールド内に入ってきた。最初からそうすればいい。

「では……うがぁっ！」

「下らない挨拶《あいさつ》なんかいいのよ」

私はその相手を完膚なきまでに叩き潰した。

次の相手もその次も、とにかくアウトさせた。そうしてまた最初の相手に戻る。

「も、もう、やめ……」

フラフラになっていようと私はひたすら手を緩めなかった。そうこうしているうちに私の魔力が限界に近づく。息切れをしているし、これ以上続けると魔力枯渇状態になって危険なことになる。

だけど不思議と私の中でまだやれると感じていた。むしろまだやれと、私の体は言っている。

これは魔力の囁《ささや》き?

「はぁ……はぁ……さ、さぁ……とどめッ!」

魔力を絞り出すようにして攻撃をすると同時に私は倒れた。もうダメだ、一歩も動けない。

一日中、食事をとることもなく戦い続けてさすがに限界だった。

「お嬢様!」

「待て、爺。見ろ」

「お、お嬢様の体が……」

体が異様に熱くなっていた。まるで灼熱のマグマにでも落ちたかのように、炎に飲み込まれる感覚に陥る。普通ならとても動けないはず。

だけど私は立ち上がった。体が異様な熱を放ったまま、私は確実に何かに成ったと確信する。

「ブ、ブランムド様。これは一体……」

「フフ、ようやく至ったか。さすがはパーシファム家の人間だ」

私はとてつもない全能感で胸が満たされる。今なら誰にも負ける気がしない。この世界で一番強いのは私とすら思える。

勝てる、これならあのアルフィスにも勝てる。さすがのあいつもこの段階にまでは至っていない。

「ふ、ふふ……わかる、わかるわ。これが魔術師の到達点……魔術真解《まじゅつしんかい》ね」

魔術真解。魔術師なら誰もが憧れる到達点。これに至った魔術師は世界でも何人といない。でも私は至った。成った。私は魔法を極めた。

アルフィス、待ってなさい。

＊　＊　＊

「アルフィス様、あのリリーシャをボコボコにするんですか？」

「穏便に済めばいいけどな」

オレ達は廊下を歩いて第三訓練場に向かっていた。リリーシャがトラブルを聞きつけてそちらに行ったからだ。学園長はあんな感じで依頼したが、オレとしてはリリーシャを殺すつもりはない。モブならともかくリリーシャはメインキャラだし、胸糞イベントはともかくあいつそのものは嫌いじゃない。

あいつがあんなことになったのもほとんどは家庭環境が原因だ。父親の当主ブランムドは一人娘のリリーシャに厳しい教育を施した。国内でも有名な実力者を雇って勉強から武道、魔法まで遊ぶ暇も与えずに学ばせている。

小さい頃からそんな状態だったから、あいつは自分が不幸とすら思ってない。自分の使命はパーシファム家の当主になることであり、それ以外の生き方なんて考えたこともないだろう。まるで父親のお人形なんだからあんな風になるのも仕方ない。

（そなたも甘い奴じゃのう）

（ヒヨリ、リリーシャは斬らんぞ）

ヒヨリが魔剣の中から話しかけてくる。これはオレの脳内での会話であり、ルーシェルにすら聞こえていない。さすがに学園内でヒヨリがホイホイ姿を現したらうるさくなるからな。

（あの小娘はいずれ破滅する。いつぞやの皇帝と少し似ておるな。上に立つ者としてなどと考えて、いざ立てば抜け殻のようになる。使命を背負いし者など、使命がなくなればそんなものじゃ）

（自分の存在意義を外部に依存しているからそうなる。オレはオレのことしか考えていない）

（その割にはあのリリーシャに随分と熱心じゃな？　初々《ういうい》しい奴じゃ。今度撫でてやろう）

（また今度な）

リリーシャの件だって結局はオレのためだ。あいつにはまともに成長して強くなってもらわないと攻略する意味がない。

これは本来レティシアの役目なんだが、この世界の彼女がリリーシャのイベントをこなすとは限らなかった。ゲームではプレイヤーが操作してイベントを起こすが、この世界のレティシアはレティシア個人の意思で動いている。つまりプレイヤーがイベントの存在を知ってコンプリートするわけじゃない。

オレが一切何もしなければゲーム通りの筋書きだったんだろうが、色々とはっちゃけすぎたからな。もしかしたらシナリオが変更されている可能性があった。

そんなことを考えながら第三訓練場に着くと、リリーシャがすでに無双していた。ボロボロになった生徒達がリリーシャの前に倒れている。

「ご、ごほッ……ま、待ってくれ……もう戦えない……」

「だから？　それが校則違反と何の関係があるの？　やたら反抗するからまとめてお相手してあげたのだけど？」

リリーシャが痛めつけているのは校則違反連中か。具体的に何をやらかしたのか知らないけど、たかが校則違反にしては熱くなりすぎだ。

仮にあいつらが消されるようなことをしたとしても、その役目はリリーシャじゃない。オレと違ってこれ以上やりすぎたらあいつは普通に退学になる可能性がある。

「おい、リリー……」

「リリーシャさん、そこまでです！」

お？　まさかのレティシア姫の登場か。オレの心配は杞憂だったみたいだな。主人公らしくシナリオ通りに動いたか。

「あら、お姫様。何か用？」

「リリーシャさん、あなたはなんのために生徒会に入ったのですか？」

「私はいずれパーシファム家の当主になって国内の秩序を守る。その私が学園の秩序を守るのは当然でしょ？」

「ここにあるのは無法です」

「なんですって……？」

レティシアがリリーシャに臆せず近づく。ちょっと見ない間に見違えたな。魔力が体の表面に綺麗に留まっていて、平常時でのコントロール力も格段に上がっている。

「リリーシャさん、そんなに暴れたいのなら私がお相手しましょう」

「意外なことを言うのね。でも私は生徒会執行部、無暗に決闘はしないの」

レティシアはリリーシャの拒絶を無視して剣を抜いた。そしてリリーシャの鼻先で空を斬る。

「……今、私は生徒会のお仕事を邪魔しました。では文句があるならこちらへ来てください」

レティシアがセーフティフィールド内に入っていく。これにはリリーシャもビッキビキだろう。

「いい度胸ね！　王女様ッ！」

リリーシャがレティシアを追いかけてセーフティフィールドに入った途端に仕掛けた。火球が至るところに出現してレティシアに放たれる。

以前より魔力のコントロールがうまくなっているな。ブレが少ないし、それでいて火球が余計な魔力を放出していない。きちんと魔力で練り上げられている証拠だ。

「これで終わりよ！　王女様！」

火球がレティシアに命中する寸前、それが明後日の方向へ流れるように飛んでいった。これは――確か、あの技だな。

「ディフレクト」

レティシアが剣を振ったと同時に火球がすべて弾《はじ》かれる。その剣には魔力が帯びていて、何をやったのかすぐにわかった。

通常、魔法は武器で受けるとよほどのものでなければ損傷してしまう。

しかし魔力を帯びているとなれば別だ。魔力でいわゆるコーディングをして魔力同士を相殺すれば、魔法だろうと防げる。レティシアはこの短期間でそれを身につけていた。

それにあのディフレクトは物理や魔法を受け流せる。そう、レティシアは華麗に舞うタイプのキャラじゃない。

「な、なんで、こんな……！」

「私はレティシア王女。民の先頭に立ち導く者です。故に私はいかなる障害からも逃げません。すべて受けて民を守ります」

ドン！ と効果音が聞こえてきそうなほどレティシアは堂々と立っていた。

「リリーシャさん。気が済むまで攻撃してください。私は逃げませんし、手を出しません」

「ふっざけんじゃ……ないわよぉッ！」

リリーシャが炎の壁を作りだしてそれをレティシアに向けて放った。

勢いよく迫る炎の壁にもレティシアは逃げない。

「ディフレクト」

レティシアを中心として、炎が拡散するようにして弾き消える。迫る障害がレティシアの前ですべて取り除かれた。

威風堂々と立つレティシアに、見ていた生徒達はやがて歓声を上げる。

「レティシア王女……がんばれ！」

「レティシア様！」

「俺達、王女様についていきます！」

剣を持つレティシアが民によって讃えられている。その神々しさにオレすら思わず見とれて

しまった。

「まだ、まだまだまだよッ！」

リリーシャがありとあらゆる炎魔法を繰り出すけど、レティシアは苦しそうにしながらも受け流している。

その姿を前にして生徒達はますます盛り上がった。

「レティシア様！　レティシア様！」

レティシアの名を叫ぶ生徒達が訓練場内に溢《あふ》れかえっていた。

「はぁ……はぁ……手を……手を出しなさいよ……」

レティシアは何も答えない。一方でリリーシャの魔力が限界に近いはずだ。なんでレティシアがリリーシャに手を出さないのか、わからないだろうな。

ふらつきながらリリーシャが尚も魔力を込める。おい、それ以上はさすがに死ぬぞ。

「この甘ったれ王女のくせに……何が、何が民を導くって……この私がどれだけ……どれだけ苦労したか……！」

リリーシャの体が紅に染まった。これはもしかして、まずいやつかもしれん。

「私は負けない、負けない、負けない……私は、私は至ったのよ、魔術師の到達点に……！」

リリーシャの体から炎が噴出してセーフティフィールド内に一瞬だけ広がる。満ちに満ちた魔力を滾《たぎ》らせてリリーシャはついにやってしまった。

そう、やってしまったんだよ。しょうがないな。ここからはオレの出番だ。

リリーシャの体が炎に包まれてから次に姿を現すと、全身が赤く燃え上がっていた。炎の化身ともいうべきその姿をオレは知っている。これは――

「これこそ魔術真解……魔術師の到達点にして究極の姿よ！」

魔術真解。魔術師が己《おのれ》の魔法の神髄を理解して至ることができる。その形態は様々だがリリーシャのように人外に変貌する者もいた。

この状態になると魔力は数倍から数十倍に跳ね上がり、特殊な能力を持つようになる。

「魔術……真解……！」

「レティシア、下がってろ。今のリリーシャは危険だ」

「アルフィス様、魔術真解に至るなんてリリーシャさんはやはり天才です」

「そうかもしれないが、あれはよくないんだ。フィールドから出ろ」

腑《ふ》に落ちないレティシアをセーフティフィールドから追い出した。まるで体中がマグマになったかのような炎のリリーシャはオレを待ちわびたかのように笑う。

「アルフィス、どう？　小細工しかできないあなたとはレベルが違うとよくわかるでしょ？」

「そうだな。お前は天才だよ」

「ふふっ！　あははははっ！　その言葉が聞きたかったの！」

「嬉しいか？」

「ええ！　生まれて初めて私に屈辱を与えたあなたを屈服させるのを楽しみにしていた！」

身に余る魔力を宿したことによる魔力暴走の影響を受けているな。

体中を膨大な魔力が駆け巡ることによって精神が増幅して気分が高揚しっぱなしになる。つまりメチャクチャ危険だ。

リリーシャは何らかの原因で魔術真解に至ってしまった。これは魔術師にとって罠《わな》だ。自分を追い込む修行をした魔術師が限界を感じて真理を悟ってしまうことがある。

自分はがんばったから報われていいはずだ。そんな極度の疲労とストレスからの逃げで自分の限界を決めてしまう。そこで自分の魔法の限界を決め打ちしてしまう魔術真解の完成だ。今のリリーシャはこれが究極の到達点だと思い込んでいる。まったくバカな奴だ。

何が危険かって、自分で限界を決め打ちしてしまったからこれ以上の成長が望めない点だ。リリーシャが魔術師としての限界がここと思い込んでいるので、このままじゃ一生成長しない。

要するに魔術真解はもろ刃の剣でもある。パーシファム家の現当主のブランムドがこのことを知らないはずがないんだがな。

「ねぇアルフィス、この前はよくもやってくれたわね。セーフティフィールド内だけど、あなただけはたっぷり痛めつけてあげる」

「お前はそんなもんで満足してしまったか」

「私は魔術真解に至った。つまり魔術師として魔法を極めたも同然なの」

「やれやれ、困ったお嬢様だ」

オレは魔剣を抜いた。正直に言って魔術真解のおかげで魔力だけならオレより高い。が、それだけで勝負が決まるほど戦いは単純じゃないんだよ。

「その減らず口もここまでね！　死になさい！」

リリーシャの両手が炎に変形してそれが扇状に広がる。リリーシャ自身が炎となることで無限の攻撃パターンを生み出しているわけか。

「ダークスモッグ改めブラインド」

闇魔法ブラインドは単純に暗闇に包む。

ダークスモッグと違って範囲が広く、効く相手も多いはずだが――

「あはははっ！　なにそれ！」

「チッ、やっぱり耐性持ちかよ」

このように強敵の中には効かない相手も多い。こいつ、確か暗闇耐性があまりなかったはずなんだけど魔術真解で耐性が底上げされているな。そう、これはリリーシャであってリリーシャとは思わないほうがいい。

次は魔力強化をした上で魔剣でリリーシャに斬り込んだ。

「遅いッ！」

リリーシャがオレを上回る速度で攻撃を回避した。反撃の炎をかろうじて魔剣で防いだものの、背後から爆炎が迫る。

「終わりよッ！　エクスプロージョンッ！」

「シャドウエントリ」

爆炎に次ぐ爆炎、更にリリーシャ自身が炎となってフィールド全体を制圧しているから逃げ場がない。まともにくらったらさすがに死ねるな。逃げ場があるとしたらリリーシャの影だ。

「消えた……⁉」

「ダークニードルッ！」

真下からダークニードルを放ってリリーシャにかすらせた。だけどほとんどのダークニードルは炎化されてかわされてしまう。

これが今のリリーシャの能力だ。炎化している時はダメージが無効化されてしまう。魔剣の闇で飲み込んでも消せるのは一部の炎のみだ。やるなら人型の時しかない。

「いったいわねぇ……！　闇なんて陰湿な魔法なんか使っちゃって！」

「いつかのチンピラと同じようなこと言うな」

余裕を見せてはいるけど、何せこの熱だ。熱さでやられる前に決着をつけないとな。

「だったらもう一度！　エクスプロージョンッ！」

「上位魔法の連発はえぐいな……」

正面の爆発を魔剣で一閃して闇の中に葬った。左右と後ろに関しては——

「ブラックホール」

オレの周囲に出現した黒い穴が爆発を掃除機みたいに吸い取っていく。

が、局所的なものでしかないから完全に防ぐことはできない。爆発によるヒットは確実にオレにダメージを与えていた。

「ふーん、闇魔法ってなかなか小細工が多いのね。でも高威力の撃ち合いとなると分が悪いみたいね」

「何事にも得意と不得意はあるからな」

「炎属性は単純ながら威力だけは全属性一よ。速さなら雷、防御なら地、変則性なら風や水。闇は……今一、地味ね。お父様も闇魔法はあまり評価していない」

「マジかよ。ブランムドも見る目がないな。それはたぶん本当に恐ろしい闇魔法を見たことがないからじゃないか?」

「……なんですってぇ?」

赤い体で赤い顔をしてリリーシャが露骨にキレた。オレは意地悪く笑う。

内心では破壊の波動の力を使おうと思ったけど、どう考えてもそれほどの相手じゃない。そこにいるのはただ魔力に酔いしれている未熟者だ。

「なぁ、お嬢様。闇って何をイメージする?」

「暗い、地味。それ以外に何が?」

「魔法ってのはイメージ力がものをいう節がある。炎をただの炎、水をただの水と捉えていたらそれまでだ。闇といっても視点を変えれば色々あるのさ」

「だったら見せてみなさいよッ！　エクスプロージョン！」

またリリーシャがひたすら大爆発を起こしまくった。轟音に次ぐ轟音で観戦している生徒達が悲鳴を上げている。

「いない……またシャドウエントリね！　芸がないわ！　出てくるところは決まっているのよ！」

「ダークニードル」

「それ見なさいっ！」

リリーシャが影から出てきたダークニードルをあっさりと回避する。が、そこから出てきたのはオレであってオレじゃない。

「え……なに？　黒い……人間？」

全身が漆黒に染まった影人間がそこに立っていた。オレ自身も出てきて、影人間と並んでリリーシャの前に立つ。ここから少しだけ本気を出してやろうか。

「アルフィスが二人……いえ、影？」

リリーシャが並び立つオレ達を訝《いぶか》しむ。その影はオレの姿をしていて、持っている武器も同じだ。とはいっても本物じゃないけどな。

「シャドウサーヴァント。影から分身を作りだす魔法さ。こいつはオレと同じ強さだから、単純に戦力が二倍ってことだな」

「な、何をするかと思えばそれがどうしたのよ。手数が少し増えただけじゃない」

「じゃあ、やってみるか？」

オレと影がそれぞれ散って左右から挟撃した。リリーシャは炎化して回避を試みて、オレ本体の剣による攻撃から逃れる。

ところが炎化が解除されたところに影がちょうどよく、いい一撃を入れた。

「くっ！」

「炎化していないから効いただろ？」

「邪魔な影ね！」

リリーシャが大量の炎球で影を集中砲火するけどすべてすり抜ける。

これがもう一つの強みだ。影はあくまで影で、それでいて闇魔法と同じように攻撃だけ当てることができる。

「攻撃が効いていない⁉」

「影にそんなもん通るわけないだろ」

オレの影はいつもオレと行動をしているから再現なんてお手の物だ。

影と闇、字は違うけどオレは同じものとして捉えている。もので遮られたら影が暗くして闇を作る。光が届かなければそこは闇だ。

こんな風に魔法は解釈次第でいくらでも広がる。シャドウサーヴァントは無敵の仲間を一体作りだす超強力な魔法だ。

ただし今のオレじゃ二体が限界だった。もう一体はあえて出していない。

「ダークニードル……×２」

時間差で放たれるそれはさすがにリリーシャでも回避できないみたいだ。

胸や腹に刺さって確実に弱らせている。リリーシャは呼吸を荒らげて動きが鈍くなっていた。

「はぁ……はぁ……い、痛い……うぅ……」

「さすがにもう降参しろ」

「うる、さい……！　うぁッ……！　い、いた、痛い……」

「言っておくがまだオレは手の内をすべて見せていないぞ。つまり全力で戦っていない」

オレの言葉を聞いたリリーシャが涙目で絶望でも見たような顔になった。今はあくまで闇魔法の一つを見せただけだ。そしてオレは新たな手を見せることなく、シャドウサーヴァントだけで決着をつけるつもりだ。

「まだ、まだ……！　私は……私は負けるわけにいかないのよッ！」

「それはお前にとっての勝利か？」

「は……？」

「パーシファム家……つまり父親が望む勝利だろう。バルフォント家の人間には負けるな、てな。それがお前を早まらせてしまった。まだまだ強くなるってのにな」

リリーシャが言い返せずに棒立ちしている。オレはどちらかというとこいつの父親ブランムドを嫌悪していた。大人のくだらないエゴで逸材を腐らせている毒親だからな。

それに比べるとレオルグの放任主義は正解の一つかもしれない。本当に才能があれば余計なことをしなくても勝手に強くなっていく。バルフォント家の人間となれば、師匠すらいらない。

リリーシャもこの世界においては確実に上澄みの強者だ。パーシファム家を二番手たらしめているのはブランムドを初めとした歴代当主だろう。

だからオレはまずリリーシャに気付いてほしかった。

「私がまだまだ……強くなる？」

「そうだ。お前はそんなものじゃない。大体、今のオレにすら苦戦しているようなのが魔術師の到達点っておかしいだろ」

「でもお父様は褒めてくれた！　お前は魔術師の鏡だって！」

「つくづく毒親だな。じゃあ、それがいかに到達点（笑）か今から教えてやるよ。シャドウサーヴァント」

リリーシャの影からもう一人の影人間が出現した。それは紛れもないリリーシャの影で、炎を帯びている点も同じだ。

「なっ！　私……！」

「お前の力も利用させてもらうぞ」

「フン！　しょせんは偽物よ！」

　リリーシャの影が繰り出したのは黒い炎だ。赤に対して黒い炎が対抗して襲いかかり、リリーシャの体を包む。

　効かないと高をくくっていたリリーシャだけど、受けてみてすぐに現実を理解したみたいだ。

「熱いッ！　わ、私に炎が効くなんて！」

「そいつは炎属性でもあり闇属性でもある。炎の耐性だけあっても闇耐性がないと普通に効く。それは今のお前の魔力で繰り出された炎だ」

「くぅう……！　ま、だ、まだ……！」

「な？　まだまだ、だろ？」

「うるさぁーーーい！」

　リリーシャが怒りに駆られて体中の炎を噴出させた。まだやる気なら仕方ない。

「ひとまずもう一回オレに負けて頭を冷やせ」

　オレと分身がリリーシャを強襲する。慌てて炎を放ってガードしようとするも、二人同時に対応しようとしたのが仇《あだ》になった。炎が散漫になり、結果として魔力の練りが甘い炎の壁が出来上がる。

オレは容赦なくリリーシャにダークニードルを至近距離で再び突き刺した。

「あぐっ……！　あ、あぁっ、がッ……！」

「普段はできていることが土壇場になるとできなくなる。あるあるだよ。経験の差が出たな」

リリーシャの喉《のど》にダークニードルが突き刺さる。リリーシャの体が光の粒子となって散り、フィールド外へ飛ばされてアウトさせられた。今のはさすがに致命傷だ。

「さすがアルフィス様！　よゆーだねっ！」

「素敵です！」

レティシアが両手を結んでオレの勝利を喜び、ルーシェルが飛び跳ねる。

一方でフィールド外で苦痛に悶えているリリーシャは起き上がれず、涙を流して嗚咽を漏らしていた。

「うっ、うっ……ふぐっ……あうぅ……」

「大丈夫か？」

「さ、触らないでっ……」

背中をさすってやったけどリリーシャはオレの手を払いのける。顔を見られたくないのか、頑《かたく》なに床に手をついたまま見せようとしなかった。

「私なんかどうせ……ひぐっ……ふぇぇぇーーん！」

「落ち着けよ。オレは別にお前が憎くてやってるんじゃない。お前に可能性を感じているんだよ」

「か、のうせい……？」

リリーシャは涙と鼻水でぐしゃぐしゃになった顔を上げた。なかなかひどい顔だな。これはこれでいい気味と思わなくもないが。

「お前、自分の炎を受けてどう思った？　あんなものじゃ今のお前すら殺せないんだよ」

「そ、そんな……私は魔術真解に至ったのに……」

「お前は強くなりたいと思うあまりに安易な方法に逃げたんだよ。でもそれが一概に間違いとも思えない」

「どういうことよ……」

リリーシャが座り込んだままオレを見上げていた。炎の体となっていた部分が少しずつ元に戻りつつある。

リリーシャの戦意が消えつつあるのと同時に、新たな気づきを得て成長しようとしている段階でもあった。

「魔術師が強くなる過程で稀にあるらしいからな。安易な魔術真解に逃げてしまうけど、そこから過ちに気づいた奴だけが更なる高みにいけるんだ」

「じゃあ……私はまだまだ強くなれるってこと？」

「そうだ。言ってしまえば今のお前レベルで止まってしまった魔術師はそこそこいる。魔術真解のおかげでそこそこ強いけど伸びしろはない、みたいなのがな」

「そんなの嫌……」

リリーシャがぷつりと呟いて目に涙を浮かべた。

「そんなの嫌ッ！　私はまだまだ強くなりたい！　こんなものじゃなくお父様より誰より……あなたより強くなるんだから！」

リリーシャの体から熱が一気に解放される。赤かった肌が元に戻り、何事もなかったかのように人間としての体を取り戻していた。

魔力はすっかり元に戻ったものの、流れは前とは比べ物にならないほど安定している。心の成長と共に魔力にも影響が出ているな。

「あぁ、一緒に強くなろう」

「うっ、うっ……うあぁぁーーーーん！」

リリーシャがとうとう泣き崩れた。

「感動した！」

「リリーシャ様、強かったわ！　私も訓練をがんばらなくちゃ！」

「俺も俄然訓練に身が入るってもんだ！」

観客と化していた生徒達が拍手喝采だ。その中にはレティシアもいて、上品に小さく手を叩いている。

「アルフィス様最強っ！　さいきょっ！　さいきょっ！」

「アルフィス様……やはり素敵です……」

「アルフィス様ーーーーー！」

「しびれちゃうーーーーー！」

ルーシェルの他に気が付いたらエスティ率いるファンクラブらしき奴らがいた。これがいわゆる黄色い声援というやつか。実際に自分が受けてみると少し恥ずかしいというか割とやめてほしい。

ていうか聞いていた人数より多いんだか？　10人以上いないか？

＊＊＊

「そなたのお人好しにも呆《あき》れたものじゃのう」

ヒヨリが口元を着物の裾《すそ》で隠してわざとらしく笑う。オレが寮の大浴場から自室に戻ってくると、普通にベッドに腰をかけていた。何のことを言ってるのかはわかる。リリーシャのことだろう。

「リリーシャのことなら当然だろ。あいつを腐らせる意味がわからん」

「わざわざ強くするきっかけを与えるとはな。そんな人間、見たことがない。怖くはないのか？」

「何がだ？」

「もしあの娘が自分より強くなったら……などとは思わんのか？」

「ハッ……」

あまりに愚問すぎて思わず笑ってしまった。たぶん今までヒヨリが見てきた人間がそうだったんだろう。古代帝国の皇帝含めて、自分の地位を脅かされて穏やかでいられる人間はいないからな。

「別に何とも思わん。それを上回る楽しみが増えるだけだ」

「言うのう。何がそなたをそうさせるのかの」

「何だろうな。そう言われるとわからん」

「まぁわらわとしてはそなたがかわいくて仕方がない。どれ、先程の約束通り撫でてやろう」

ヒヨリがベッドの上に立ってオレの頭を撫でてくる。こんな尊大な喋り方をする奴だけど身長はオレより低い。

あまりいい気はしないけど、どこかのキス魔よりマシだ。しかも一応ここは男子寮だから、こんな姿を誰かに見られたら大変なことになるな。あらぬ誤解のオンパレードだろう。

「わらわとしてはあのリリーシャよりもレティシアという小娘のほうが厄介じゃな」

「あいつは光属性の使い手だからな。闇属性のお前とは相性が悪い」

「それもあるがあの迷いなく敵の攻撃を受けきれる胆力よ。普通はわずかにでも臆すものじゃがな」

「そこがあいつのすごいところだ。まだまだ強くなるぞ」

レティシアも確実に成長しているから、うかうかしていられない。

オレはというと正直に言ってこのディスバレイドに助けられている節はある。シャドウサーヴァントだってこれがなかったら、まだ一体までの影しか出せなかったはずだ。

「ヒヨリ、今のオレはディスバレイドの何%の力を引き出せている？」

「今のそなたはせいぜい10%そこそこじゃな。とはいえ、その恩恵は理解しておるだろう？そこを差し引けば、あの戦いは危なかったのではないか？」

「オレもあの戦いじゃ半分の力も出していなかったぞ。それにこれの真価はそこじゃないだろう」

「切り裂いたものを闇に葬る……が、そなたの実力以上のものは無理じゃ」

オレが強くなればなるほどこいつは無敵度が上がる。そこでふと気になった。

「エルディアの皇帝はお前の力を何%引き出していた？」

「初めて手にした時は40%で最終的には80%ほどじゃな。もっと野心を維持していたら100%に届いたかもしれんというのに、つまらん男じゃ」

エルディアの皇帝はオレなんかよりよほど素質があったみたいだな。この事実にショックを受けるどころかオレはより燃えた。エルディアの皇帝でさえ届かなかった１００％、オレは必ず到達する。

＊＊＊

「では第一回アルフィス様ファンクラブ活動会議を始めます」

放課後、使われていない教室で私達は会議をしています。メンバーは現時点で23名、アルフィスさんとリリーシャさんの戦いでまた増えて大変喜ばしいです。

この会議ではアルフィスさんに関する情報の共有と議題に関して話し合います。

「では皆さん、何かアルフィス様に関して判明した事実はありますか？」

「はーい！　アルフィス様は好きな食べ物を必ず最後に残す。これ誰か知ってた？」

ルーシェルさんが開幕からとんでもない先制攻撃をしてきました！　これにはファンクラブ一同、衝撃のあまり言葉を失っています！

何せアルフィス様はあまりジロジロと観察していると勘がいいのですぐに気づきます！　つまりこれは常にアルフィス様と行動を共にしているルーシェル様だからこそ入手できる情報！

「ル、ルーシェルさん！　それは新事実ですよ！　ちなみにアルフィス様はどういった食べ物がお好きなんですか？」

「そこから先は慎重に言葉を選びなよ。トップシークレットだよ？」

「うぅ……で、では好きな色とか……」

「黒」

ここで皆が一斉にメモをします。少しでもアルフィス様の情報を取りこぼさないために、各自ここで学んで応援に活かします。今後の応援旗の作成に大いに役立つでしょう。

「では本日の議題です。アルフィス様の……」

「失礼するわ」

突然教室に入ってきた人物に誰もが唖然とします。それはそう、あのリリーシャ様なのですから。

「リリーシャ様⁉」

「まさか生徒会執行部の的にかけられたというの⁉」

「皆さん、お、おおおお、落ち着いてててて！」

ダメです、私がしっかりしなければいけないというのに。

リリーシャ様が席に座って、隣の子のメモを奪い取って眺めています。アルフィス様に負けたことをまだ気にされているのでしょうか？　だから腹いせにファンクラブの活動を停止させようと？

「なるほどね。今日から私も加入するわ」

「えっ？」

「あら、何か問題でも？」

「そ、そうじゃないですけど……一体なぜ？」

「ここがアルフィスのことが気になってしょうがない生徒達が集まる場所だとしたら都合がいいの」

なんかすごいこと言い出したんですけど？ 聞き間違いでしょうか？

「ここにいればアルフィスに関する情報を入手しやすい。もちろん私が調べた上でわかった情報は共有するわ。そう、私達は同志よ」

「はぁ……」

「でも、やるからには手ぬるいやり方は認めない。アルフィスの弱点、嫌いなもの、徹底して洗い出すわよ。それがアルフィスに勝つということ……違う？」

「ち、違……」

「ちょっと待ってくださいッ！」

そう言いかけた時、また教室のドアが勢いよく開きました。今度はレティシア様です。なんで、どうして。

「レティシア……」

「リリーシャさん、抜け駆けは許しません。こんな場所があるなんて私としたことが……」

「そう、あなたもアルフィスを狙っているのね」

「ええ、だからこそ私はすべてを捧げる覚悟です」

なんかお互いにすごい勘違いしてません⁉　決闘はどうぞ勝手にやっていいんですけど、ここでバチバチするのはやめて！

「二人とも、お前達がアルフィス様にお近づきになろうなんて10年早いよ。せめてアルフィス様が苦手な食べ物くらい知っておかないとね」

「苦手な食べ物ですって⁉　あいつにそんなものがあると言うの⁉」

「ルーシェルさん、ぜひ教えてください！　将来の生活の参考にします！」

リリーシャさんとレティシア様が食いついてます。得意げに勝ち誇るルーシェルさんといい、なんだか三人の意思が微妙にずれている気がするのです。ただ一つだけ言えることは、もはやただのファンクラブではなくなる可能性が極めて高いです。アルフィス様の従者、パーシファム家のご令嬢、王国の姫。ファンクラブの会員層が一気に濃くなってしまいました。

＊＊＊

放課後、オレが廊下を歩いていると妙な気配がずっとついてくる。オレはあえて振り向かずに歩き続けた。

それでも妙な気配はついてくるどころか、むしろ近づいてくる。徹底して無視しようと思ったがついに息がかかるほどの距離だ。オレは早歩きした後で急停止した。

「いぎゃん！」

「さっきから何の用だよ」

急停止した俺の背中にリリーシャが鼻をぶつけた。

「いきなり止まることないじゃない！」

「背後霊みたいなのが追跡してきたら嫌がらせしたくなるわ。何の用だよ」

「別に。たまたま行先があなたと同じなだけよ」

「そうか。じゃあ問題ないな」

オレはそのまま歩いて男子トイレに入った。釣られて入りそうになるリリーシャを見てククと笑う。

「ちょ、ちょっ！　いきなりなんてところに入ってんのよ！」

「男が男子トイレに入って何が悪いんだよ。ここが行先なんだろ？」

「バ、バカっ！」

リリーシャが顔を赤くして走り去っていく。こんな感じでオレはあいつとの決闘以来、ずっとつきまとわれている。

オレがあいつを適当に撒《ま》くかトラップへと誘って最後はルーシェルがあっかんべーをして見

送るのが日課だ。

「あいつもしつこいですねー。どれだけ悔しかったんですかね」

「むふふ、かわいい女子じゃ。アルフィス、あやつはどうかの？」

「何がだよ」

ヒヨリが意味ありげにオレに問いかけてくる。

「強者ならば女子の一人や二人をはべらせるのが世の常じゃ。英雄色を好むとも言うしの」

「下らない。そんなものにうつつを抜かしている暇があったらオレは訓練でもする」

「だそうじゃ、ルーシェル」

ヒヨリがなぜかルーシェルに振っている。ルーシェルが頬を膨らませて地団太を踏んでいた。

＊＊＊

翌日、オレは生徒会に呼び出された。特に何かした覚えはないんだが、もしかしてストーカー女のストーキングを振り切ったことか？

いや、そんなわけないか。だけど男子トイレに誘導したのは割とアウトかもしれない。

「アルフィスだ」

「入れ」

生徒会役員室に入ると上級生が雁首揃えてずらりと席に座っていた。テーブルにそれぞれ役職と名前が書かれているからわかりやすい。

まるで秘密結社の会議室みたいな様相で、円形のテーブルの奥に三年生の会長と副会長が座っている。その左右に会計担当と書記、広報。手前に執行部のメンツだ。

「アルフィス、初めまして。僕が生徒会長のクライドだ。生徒会へようこそ」

「何か用か？」

「この錚々《そうそう》たる生徒会のメンバーを見て物怖じしないか。さすがはバルフォント家の人間だ」

「錚々たる、ねぇ」

生徒会長クライド・イースバン。セイルランド学園三年生で公爵家の息子であり、現トップの実力者だ。イケメンで女性ファンが多く、同学年の半数以上の女生徒が惚れていると言われている。よくいる完璧《かんぺき》男子ってやつだな。現時点で実力的にクライドと三年生以外は話にならない。

二年生となると、あのデニーロと大差ない。というかあのデニーロも真面目《まじめ》にしていれば生徒会に入れるだけの実力はあった。この事実を踏まえて錚々たると言われても、あまり危機感がないんだよな。まぁクライド他、全員が一斉にかかってきてようやく危ないと思えるくらいか。

現時点でどうやっても勝てないバルフォント家のヴァイド兄さんやミレイ姉ちゃんと比べた

ら、どうしても見劣りする。

「おい、さすがに余裕ぶっこきすぎなんじゃねえのか？」

「ガレオ、いいんだ。彼は特別だからね」

「クライド会長、こんなガキに舐められちゃ二年執行部のトップとしてメンツが立たねぇよ」

「ガレオ、話が進まない。黙っていてくれないか？」

クライドがガレオを制して黙らせる。さすがの迫力だ。

「今日、君を呼んだのはそこにいるリリーシャの件だ。彼女の暴走を止めてくれてありがとう。このままだと彼女を除籍して停学を検討しなければいけなかった」

「礼を言われるほどじゃない。リリーシャは見込みがある奴だからな」

オレがリリーシャをちらりと見ると露骨にぷいっと顔を逸らす。散々ストーカーしてたくせに。

「もう一つ、君をここに呼んだのは生徒会への勧誘のためさ。君は入学試験の成績上位にもかかわらず、生徒会入りを拒んだそうだね。なぜだい？」

「興味がない。オレの人生において生徒会はまったく必要がない」

オレがそこまで言い切ると二年執行部のガレオが机を叩いた。野生児を彷彿とさせるビジュアルで歯を剝き出しにして威嚇してくる。

「さっきから聞いてればよぉ……。上級生への口の利き方がなってねぇな」

「上級生だからって無条件に敬う必要があるのか？　お前は一つでもオレが尊敬できるものを持っているのか？」

「いけしゃあしゃあとほざいてんじゃねぇぞッ！　下級生のザコがよ！」

「会長、こいつを黙らせてくれないか？　話が進まないし、こんなことが続くならもう帰るぞ」

クライドがガレオをなだめて黙らせてくれた。それでもガレオは凶暴さを隠そうともせず、オレをロックオンしたままだ。

「君の成績を見させてもらったよ。入学試験の結果は総合三位、実技に至っては一位だ。これだけの実力があって生徒会入りを拒んだのは理由があるのかい？」

「オレの人生において必要がない。生徒会の在籍を見せつける必要のある相手もいないしな」

「そうか。君が入ってくれたら次期会長も視野に入れたんだけどな」

冗談じゃない。たかが学園でお山の大将をやって何になる。そんなものはお勉強が得意な奴にやらせておけばいい。

オレはお勉強が苦手というか、やる必要がないから座学試験は合格できる程度にやった。試験はゲームでは描写されていない部分だし、一般科目の問題は普通に難しい。

ちなみに一位はリリーシャだ。一方でレティシアはあれでいてかなりおバカで、座学試験の成績はギリギリだったはず。

「君の生徒会入りは諦めるとして、それならせめてこちらからの依頼を引き受けてくれないか？」

唐突な依頼だけど、たまにはこういうので経験値を稼がないとな。いつまでもザコばかり潰してもしょうがない。

「依頼内容は演習場の異変調査だ」

クライドの言う演習場とは学園の敷地内にある広大な自然のフィールドのことだ。ここでは魔物が放し飼いされていて、野外演習の目的で使われる。一年、二年、三年ごとに分かれていて魔物の強さも学年ごとに異なっていた。

今回の調査対象は一年が使うフィールドだ。学園の北西側にあるそこは低級の魔物を放し飼いしているが、ここのところ数が減っているという。魔物によっては繁殖しすぎて時々駆除することもあるが、最近の減り方は尋常ではないとのこと。

「僕が考えるに一年演習場には何かが潜んでいる。それも一年生の手には負えないような魔物がね」

「一年の手に負えないようなものを一年のオレに任せるのも変な話だな」

「君の実力はすでに一年生の域じゃない。だからこそ頼めるんだ」

「教師には頼めないのか？」

「先生達は先生達で忙しいんだ」

オレが意地悪く追及するとクライドは不快な態度を見せることなくあっさり答えた。オレだって暇じゃないんだが、と口をついて出そうになる。

「仕方ないな。やってやる。ただしリリーシャを連れていく。それが条件だ」

「リリーシャを？　構わないけど、やけに彼女に拘《こだわ》るね」

「まぁちょっとな」

いきなり指名されたリリーシャは目を丸くしている。

「ちょ、ちょっと！　なんで私が！」

「生徒会の仕事だろう。オレ一人にすべて任せるというのもおかしいし、一年が使う演習場なら一年で掃除すべきだ」

「掃除って……」

「自信がないのか？」

「わかったわ。安い挑発だけど乗ってあげる」

以前だったら声を荒らげて拒否していたはずだ。そう考えればこの前の決闘も無駄ではなかったとオレは密かにほくそ笑む。

「納得いかねぇな」

例の野生児ことガレオがまたテーブルを叩いた。

「バルフォント家だか知らねぇが、しょせんはまだ一年だろ。とても任せられるとは思えねぇ」

「文句は会長に言えよ。オレが決定したわけじゃない」

「会長、こんな生意気な一年を甘やかしてどういうつもりですか」

ガレオが苛立ちながら会長に質問する。会長はやれやれと言いたげに席を立った。

「ガレオ、だったら君も参加するといい」

「ハッ！　せっかくあの一年に任せたのに無駄になっちまいますぜ？」

「それはそれで目的を果たしたことになる」

「ありがてぇ！　というわけだ、一年」

ガレオがしてやったりとばかりにニヤリと勝ち誇った。こいつ一人が加わったところで強さ的にも何の支障もないだろう。ゲームでもあのデニーロよりは強いし、いざという時に囮《おとり》くらいにはなるかもしれない。

＊＊＊

「さーて！　一年ボウズに現実ってのをわからせてやらねぇとな！」

一年の演習場を前にして、やたらガレオが張り切っている。オレは相手にせず、さっさと先を歩いた。

一年の演習場は森と湖、荒野、平原、洞窟に分かれている。二年の演習場となると雪原や砂漠と過酷な場所が増えていく。当然生息している魔物も異なるけど、一年の演習場に今更オレやリリーシャが苦戦するようなのはいない。

そしてオレ達の脇をガレオが意気揚々と追い越して走っていく。

「ガハハッ！　遅いぞ、一年！」

強化魔法をかけたガレオが一気にオレ達を引き離して消えた。まったくおめでたい奴だ。

「アルフィス、先に行かせていいの？」

「どうせどこに異変の原因があるかもわかってないだろ。無駄に魔力を使わせておけばいい」

さすがのリリーシャも呆れているみたいだ。オレは当然わかっているから無駄な力は使いたくない。

オレ達が歩いている平原エリアにはゴブリンだのキラーウルフだのカスみたいなのばかりだ。そのキラーウルフがオレ達を取り囲んで唸《うな》り声を上げている。

「さっそく来たわね！」

「いや、待て」

オレがリリーシャを片手で制する。それから体の表面からごくわずかな波動を放った。波動は空気を伝わってキラーウルフ達に伝わっていく。

「グル……」

「ウォーー！」

「きゃうんっ！」

キラーウルフ達が一斉に逃げていった。リリーシャは何が起こったのかわからないといった様子だ。

「な、なんで？」

「殺気を波動に乗せて散らした。あのレベルの魔物相手なら戦うまでもない」

「波動？」

「まぁそれは後々な」

よく殺気を飛ばすなんて言うが、あれは相手が無意識に波動を感じ取っているからだ。人間よりも自然界に生息する動物や魔物のほうが波動に敏感で感じやすい。野生では敵の力量や引き際を見極めるのが大切だからな。

いわゆる野生の勘というやつは波動を感じ取っているに過ぎない。ただそれを波動と認識しているかどうかの違いだ。

「よくわからないけど、あなたにしては優しいのね」

「この演習場の魔物だって無限にいるわけじゃないし、無駄な殺しをしたいわけじゃないからな」

「そこまで考えているなんてちょっと意外かな」

「オレだって一応この学園の生徒だぞ。ここの魔物は生徒のための教材だからそりゃ大切にするさ」

オレがつかつか歩き出すとリリーシャが足を止めていた。

「おい、どうした？」

「え？　あ、うん……」

「少し顔が赤いな。まさか熱でもあるのか？」

「そ、そんなことない。さ、行きましょ」

リリーシャが見せつけるようにオレの先を歩く。元気そうならよかったが、まさかレティシアみたいにおかしな方向へ行かないよな？　リリーシャに限ってそれはないと信じているが。

「なによ！　一緒に行くんでしょ！」

「あぁ、悪い」

オレは後頭部をポリポリとかいた。リリーシャに限って、オレは何度もそう自分に言い聞かせる。ないよな？

＊＊＊

私はリリーシャ・パーシファム。セイルランド王国の公爵家の正統なる後継者だ。お父様のブランムドは魔術師団の総司令にして軍事大臣、いずれ私もその席に座らなきゃいけない。

パーシファム家に敗北の二文字は許されず、私は幼いころから厳しい教育を受けてきた。物心がついて初めて読んだのは絵本じゃなくてあらゆる学問の書や魔術書だった。朝から晩まで私はお母様やお父様に何度も叱責されて、時には叩かれたこともある。

それでもお父様とお母様は立派な人間であり尊敬している。二人は私のことを思って厳しく指導してくださっているに違いない。食事の作法や言葉の使い方まで、私は徹底して頭に叩き込んだ。

「リリーシャ。この家に生まれた以上は敗北は許されん。敗北は弱者の証しであり、それは生涯消えない刻印となる」

国内から国外に至るまで呼び寄せた家庭教師をつけてもらった私は魔法の腕を磨いた。おかげで10歳を越える頃には家庭教師より強くなっていて、初めてお父様に褒められる。この時ほどの喜びを感じたことはない。

勝利とは人を惹きつける。敗者は何も得られない。私はより強くそう思うようになった。ところが――

「リリーシャ、今はまだ力不足ですがいずれ私があなた達を導きます」

王族主催のパーティで出会ったレティシア王女は私にこんなことを言ってきた。私はその言葉の意味がしばらく理解できず、レティシアと握手をする。そして屋敷に帰ってからようやく我に返った。

（私達を導く？　あの柔らかい手には豆一つないじゃない）

私は昼も夜も杖を手放したことがなかった。あんな呑気《のんき》にパーティを開いて貴族達に自慢する余裕があるほどだ。王族なんてさぞかし優雅で退屈な生活をしているに違いない。この日から私はより訓練に励むようになった。

そして学園に入学して、私は初めて敗北を知る。アルフィス・バルフォント。謎の多いバルフォント家は王族のパーティにも姿をほとんど見せない。

お父様は普段からバルフォント家にだけは負けるなと口を酸っぱくして私に言いつけていた。だからアルフィスに負けた日、私はお父様にこれ以上ないほど叱責された。この一族の面汚しが。何のためにお前を育てたと思っている。何度も叩かれて罵倒されて私は謝った。

それから間もなくして二度目の決闘で敗北、魔術真解まで打ち破られて私は今度こそ見捨てられると思った。悔しさよりも見捨てられる焦《あせ》りが勝って私は取り乱してしまう。だけどあいつは——

「あぁ、一緒に強くなろう」

その瞬間、私の中で何かが弾《はじ》けた。今まで感じたことがない衝撃を受けた気分だ。それからはあいつが気になってしょうがなくなってしまう。そう、今も。

「この先の洞窟が怪しいな」

「なんでそう思うの？」

今はアルフィスと演習場の異変調査をしている。私はどうにも恥ずかしくて並んで歩けない。

「見晴らしのいい平原に目立った魔物はいなかった。湖に生息する魔物は活動範囲が限定的だし、この森に何もなければ後は洞窟しかないだろう」

「そ、そういえばそうよね」

「お前、大丈夫か？　頭が回ってないんじゃないか？」

「ちょっ！」

アルフィスが私の額に手を当ててきた。初めて男の子に触れられて私は軽くパニックになりそうだ。

少しだけ硬くて温かい手の感触がどうにも心地いい。

「バカッ！　触らないで！」

「すまない」

思わず手を払いのけてしまったけど、なぜか残念に思う自分がいた。

もう少しだけ触れていたかったなんて決して思ってないんだから。私はそんなふしだらな女じゃない。

「魔物が見当たらないな。こりゃ数が減ってるってのも本当か」

「さっき逃げていったキラーウルフ達も見当たらないわ。まさかあの先輩が倒しちゃったとか？」

「まさか。いくら脳筋でも生徒会執行部だぞ」

「のーきん?」

アルフィスが地面をよく調べ始めた。ゴブリンやキラーウルフの足跡や排泄物を見ている。平原を越えて森の中に入って、木々をかき分けて観察していた。

「どうもこの辺りで足跡が途絶えているな。森の中ならゴブリン達が嬉々として襲ってきそうなものだが……」

「あなたが波動とかいうので脅かしてるんじゃないの?」

「もう何も放っていない。ん?　これは……」

突然アルフィスがかがんで地面を凝視した。そこには一筋の跡がある。こんな細長い魔物なんていたかな?

「なるほどな。この辺りの魔物なんてひとたまりもないわけだ」

「ねえ、何がいるの?」

「ワームだよ。この跡を残したのはまだ小さい個体だが、おそらく親個体が掘り進んで演習場の地下にやってきたんだろう」

「ワ、ワーム……」

私はゾッとした。だけど決してそんな様子をアルフィスに見せるわけにはいかない。

「びびってないか?」

「び、びびってない！　それよりワームはどこにいるの？」

「たぶん洞窟だ。地下を根城にして繁殖している可能性がある」

「洞窟……まさか中に入る？」

「当たり前だろ。こんな経験くらいあるだろ？」

私としたことが変なことを言ってしまった。

だけどワーム、洞窟というワードが私を不安にさせる。認めたくないけど私は暗いところが苦手だ。昔、両親にすごく怒られた時に屋敷の地下に閉じ込められたことがあった。一晩中暗くて寒い地下に閉じ込められた時の恐怖は今でも忘れない。

あれ以来かな。少しでも明るさがほしくて炎魔法を学び始めたのは。

「じゃあ、行くぞ」

「ま、待って！」

「なんだよ」

「いや……出てくるまで待つという手もあるわ」

「あいつらは地下を掘り進んで巣を拡大する。放置したら地盤沈下を起こして大惨事になりかねない」

私は手の震えを止めるので精いっぱいだった。こんなのアルフィスに悟られたら何を言われるか。

散々偉そうなことを言っておいて情けない姿を見せるわけには、でも。

「しかしワームか……。かなりの相手だな」

「そこまで……?」

「あいつらは上位種にも恐れず襲いかかる。最大の個体となるとドラゴンを食い殺すほどだ」

「そんなの応援を呼んだほうがいいわ!」

私は必死に食い下がった。きっと思い直して――

「でもお前と一緒ならどうとでもなる」

「え……」

その言葉を聞いて私は体の芯《しん》がほどける感覚を覚えた。体が熱く火照《ほて》っている。魔術真解の時でさえこんなことにはならなかったのに。や、やってやる。やってやるわ。

＊＊＊

洞窟に入ると魔物の気配がまったくなかった。ここにもスティールバットだのザコモンスターがわんさかいたはずだ。

ふと洞窟の壁の表面を見ると妙に平らになっていた。ワームが通ったせいで壁が削られているな。つまりこの洞窟の通路とほぼ同じ大きさのワームがこの奥にいる可能性がある。

ワームの種類にもよるがオレ達の手に負えない上位種だったらどうするべきか。その時はその時だ。

「あいつらは暗闇でも関係なく動ける。ここは慎重に……リリーシャ？」

「あう、あう……」

リリーシャがガタガタと震えている。やっぱりこの設定はあったか。こいつは暗い場所がすごく苦手だ。幼少期に暗い地下に閉じ込められたせいでトラウマになっている。強がっていたお嬢様キャラに意外な一面なんて言われていたのを思い出す。

当然オレは知っていてリリーシャを指名して連れてきた。リリーシャはハイスペックキャラだが、これが唯一の弱点といっていい。戦いでも暗闇状態に極端に弱かったり洞窟内では弱くなってしまう。そんな状態では攻略し甲斐がない。

リリーシャは火の魔法を松明《たいまつ》代わりにしているけど震えは止まっていなかった。

「リリーシャ、手を出せ」

「え、なんで……」

「怖いんだろ？　手を握っててやる」

「だ、誰があんたなんかと……」

言葉とは裏腹にリリーシャはさっきから一歩も動けていない。埒《らち》が明かないのでオレは強引にリリーシャの手を握った。

「ちょ、なに、何するのよ」

「時間が惜しい。これでもダメなら外へ出ていろ。オレがすべて片づける」

「バカにしないで……わ、私だって」

「じゃあ、証明してくれよ。強くなるんだろ？」

リリーシャがゴクリと唾を飲み込んだ。そして一歩ずつ進み始める。壁に手をついて、ゆっくりと。今はこのペースで付き合おう。

洞窟内を進んでいくと分かれ道があった。オレは再び壁をさすって確かめる。表面が滑らかになっている左方向がおそらくワームが来たところだ。

「わ、私が先頭を歩くわ。あなたじゃ前が見えないでしょ」

「無理をするな。オレは闇魔法のおかげで暗い場所でも見える」

「そう、なのね……」

「というかそうじゃなかったら、ここまで歩いてこれないだろ。それより戦闘はオレに任せておけ」

「そうはいかないわ！」

口ではそう言いつつも、なかなか前へ進まない。リリーシャは自分がバカにされるんじゃないかと思っているけど、オレは何とも思っていなかった。

「強がるのはいいけど、そんな状態で戦いは難しいだろ」

「難しくない！　さっきから本当にバカにしてるの⁉」

「バカにしていない。むしろお前は自分の弱点を克服しようとしている。その時点で強いだろ」

「……え？」

火魔法の松明に照らされたリリーシャの顔がきょとんとしている。やっぱりこいつオレにバカにされると思っていたのか。

「弱い奴ほど自分の弱点から目を逸らす。現実を見ようとしない。だけどお前は前へ進もうとしている。それはもう強者なんだよ」

「そう……なのかな」

「お前が本当に弱いなら洞窟に入る前に逃げ出していたはずだ。誇れ、お前は強い」

リリーシャが何も言わなくなった。普段からクッソ負けず嫌いだし、オレにこんなことを言われるのは屈辱かもな。だけどこれがオレの本心だ。

「オレはそんなお前を尊敬する。だから守りたくなった」

「守りたく、なったっ……⁉」

リリーシャが狼狽《ろうばい》した時、奥から声が聞こえてきた。

「うおぉぉーーーーー！　しまったぁーーーーー！」

この声はガレオか。なんかすごく嫌な予感がするんだが、何をやらかした。

「おおぉぉ前らは一年ペアァーー！　逃げろ！　ここはワームの巣窟だ！」

「そんなもんとっくに知ってる。で、何を連れて……」

案の定、姿を現したのはガレオだ。問題はその後ろに大量のワームがいる点か。あまり大きな個体じゃないけど、あれはアースワームだな。地属性攻撃を得意とする一年生のフィールドにいちゃいけない魔物だ。しかもワームにしては堅かったと記憶している。

「き、きききき、来たわね！」

「リリーシャ、ここはオレがやる。お前は後ろを頼む」

「え、えぇ！」

逃げろと言ってもどうせ聞かないだろう。だったら建前《たてまえ》でも役割を与えてやったほうがこいつのプライドは保たれる。

で、ガレオはてっきりオレ達を通りすぎて逃げるかと思ったら背中を見せて立った。おい、こいつマジかよ。

「一年！　ここは俺に任せて逃げろ！　ここは危険だ！」

ちょっと待て。何してんだよ、こいつ。助けてもらうまでもないんだが？　ていうかお前のほうがその数はまずいだろ。向かってきたアースワームに対してガレオが攻撃を仕掛けた。

「アースファングッ！」

ガレオの体が岩の鎧《よろい》で覆われて、両手には爪を装着している。これがガレオの戦法だ。得意属性は地、得意武器は爪。接近戦を得意としていて小細工はできないけどシンプルにアタッカーとして優秀だ。

「だあぁーーー！　かってぇ！　かてぇなコラァ！」

まぁ問題は地属性の攻撃じゃアースワームにはダメージが通りにくい点だけどな。それでも退こうとしないのは先輩としての意地か。あの数を前にして怯《ひる》まないどころか、オレ達を庇おうとするとはな。

「無理をするなよ、ガレオ先輩。オレがやる」

「うるせぇ！　一年はとっとと逃げろや！　え、先輩って言った？」

オレがアースワーム達に対して魔剣を一閃、千切れたあいつらは二つに分裂した。残った頭のほうで再び襲い掛かろうとするが無駄だ。斬られたアースワームが闇に包まれて次々と消失していく。

「は……？」

「ふぅ、こんなもんか」

「い、一年……今、お前がやったのか？」

「オレ以外に誰がいるんだよ、ガレオ先輩。あんたもかっこよかったぞ」

「ま、また先輩って言ったな？　ハハッ、ようやく俺を認めたか！」

オレが褒めるとガレオは気を良くしたのか、機嫌よく笑った。色々なことが起こって混乱しているとも思えるが、根は悪い奴じゃない。

いざとなったら囮にしようと考えていたけど、少しだけ考え直してやろう。

それはそうとして、洞窟内にいたのはアースワームだけじゃない。ギガントワーム、ヘルワームと色んなワームが犇《ひし》めいていた。こいつらはここを巣にして時々地上にある演習場の魔物を餌にしている。

正直に言ってこの程度の魔物なら一振りで決着がつく。特にヘルワームは三年生でも苦戦する魔物だから、それを悠々と仕留めるオレにガレオが納得いってない。

「い、一年！　てめぇ、その剣はどこで手に入れた？」

「どこだっていいだろ。言っておくけどこいつは力量によって威力が変わるからな」

「ありえねぇ……。これがバルフォント家の力だってのか……」

ガレオの顔色が青くなっていて自信喪失寸前に陥っている。気の毒ではあるけどこれがセイルランド学園、そして世界だ。こんな学園内でさえ平民から貴族まで集まって実力差を見せつけられる。

そして学園から出たら更に上の強者が待ち構えている。例えば学園では実力者だったのに魔術師団や騎士団に入った途端に凡人かそれ以下なんてよくある話だ。

ガレオは確か男爵家の息子だから、それなりにプライドはあるんだろう。

「はぁ……はぁ……」

「リリーシャ、少しは歩けるようになったな」

「うう……」

プライドで言えばこのリリーシャのほうが上だろうけどな。二大貴族家のご令嬢が暗闇が苦手だなんて、それこそプライドが許さないだろう。だからこそこうやって克服しようとしている。

いいぞ、暗闇くらい克服してもらわないと困る。お前にも強くなってもらわないと攻略の意味がない。何かのRPGで特定条件下で最凶のラスボスとなる奴がいるとしたら、オレはあえて強くするタイプだ。

「クソッ！ この洞窟はどこまで続きやがるんだ！」

「どうやら着いたみたいだぞ」

ガレオが悪態をついた時、一際《ひときわ》大きい大空洞に着いた。そこにいたのはとぐろを巻いている巨大ワームだ。それに出くわした時、全身が押しつぶされるような感覚を覚える。

間違いなくあれが洞窟をここまで拡大させた主であり、すべてのワームはあいつに平伏している。通常、ワームはキラーウルフみたいな群れを作らない。群れのボスという概念がないワームはそれぞれ単体で活動する。

そんな習性の壁を超えて頂点に君臨しているのがあのエンペラーワームだ。かつて上位種のドラゴンをも食い殺して、中堅規模の都市を壊滅させたワームの王。あんなものが学園近くまで迫れば壊滅しかねない。

「な、なんだ、よ……あれ……」

「ガレオ先輩、生徒会や教師を呼んできてくれ。あれはオレ達だけでどうにかなるレベルじゃない」

「バカを言うな！　てめぇが残るってのかよ！」

「下らん問答をしている暇はない。リリーシャも逃げろ」

オレは手を震わせながらも口元は笑っていた。転生して以来、これほどの大物に遭遇したことがあっただろうか？　バルフォント家の人間を除けば初だろう。

そんなオレは体中に波動をみなぎらせていたせいか、ガレオやリリーシャを完全に圧倒してしまっている。この程度でビビり散らかすくらいならとっとと逃げろ。オレは無言でそう言った。

「あぁ……あぁ……」

「リリーシャ、ガレオ先輩と一緒に逃げろ。今のお前ならある程度は暗闇の中でも移動できるはずだ」

「わ、私も」

「二度も言わせるな」

正直に言ってこれほどの大物がいるなんて予想外だ。オレは魔剣を握ってエンペラーワームに近づく。エンペラーワームには目がついていないが、ハッキリとこちらを認識した気がした。

「ヒュルルル……！」

「よう、退屈なザコばっかりで飽きてないか？　オレの相手をしてくれよ」

さながらこいつは地底の王ってところだ。もしこいつが本格的に暴れ始めたら、国家戦力を投入せざるを得ない。当然国王はそんな選択はしないだろうけどな。大方、ヴァイド兄さんかミレイ姉ちゃんが討伐に向かうだろう。そう、オレじゃない。

いくらバルフォント家とはいえ、このレベルの魔物を在学中に相手にするのはオレが初だ。つまりここでオレがこいつを殺せばバルフォント家史上最強の座が見えてくる。

「まずは地底最強決定戦を始めようぜ！　お前に勝てばバルフォント家……いや、人類最強の座が見えてくる！」

オレが跳んだと同時にワームが突撃してきた。地面に激突したエンペラーワームはそのまま円形の穴を作る。こいつにとって地中の壁は何の障害にもならない。

「速すぎるな……どこからくる？」

「ヒュルルルルッ！」

「ぐあぁッ！」

左の壁が爆発したかと思うとオレは側面からもろに突撃をくらってしまった。間一髪で食われるのを避けたが、クッソ痛い衝撃でオレは吹っ飛ばされてしまう。

それからエンペラーワームは地中を食い進んで再び姿を消した。

「ガレオ先輩、私達も……！」

「リリーシャ！　悔しいがここは引くぞ！」

ガレオがリリーシャを連れてようやく逃げ出した。これでいい。

もっと低レベルな相手なら一緒に戦ってやってもよかったんだけどな。こいつはちょっと別格だ。さすがのヴァイド兄さんやミレイ姉ちゃんも、このレベルの魔物を倒したのは学園卒業後だったか。

ギリウムに至っては学園内でお山の大将をやっていたから話にならない。デニーロ派だのそんな次元で満足しているような奴らには想像も出来ない相手だろう。

「ヒュルルッ！」

「チッ！」

エンペラーワームの突撃を回避して真上を取って魔剣で大きく斬り裂くものの、この巨体には致命傷にならない。おまけに格上だから斬って闇に葬ることもできない。

「ヒュルルルルッ！　ヒュルッ！」

こいつは体をぐにゃりと曲げて急な方向転換もお手の物だ。回避したと思ったら頭をこちらに向けて速度を落とさず突撃をかましてくる。

魔剣でガードしたものの、オレはそのまま地面に叩きつけられた。

「がはッ！　でかさは武器だよなぁ……！　シャドウサーヴァント！」

エンペラーワームの追撃に対してオレは分身を作って盾にした。エンペラーワームの衝突と同時に分身が一瞬にして消えてしまう。

シャドウサーヴァントもこれだけの猛攻の中、維持するのは難しい。

「やれやれ、分身だってタダじゃないんだぞ」

エンペラーワームはまた地中に潜っていく。こんなに高速で地中をお構いなしに動く相手にピンポイントで当てるのは難しい。

オレは魔法を駆使して戦っているが、こいつは図体のでかさにものを言わせて暴れまわっているだけだ。

つまりそれだけ生物としてのスペックに差がある。本来、こんなものは人間が挑んでいい相手じゃない。大人しく蹂躙《じゅうりん》されて食い散らかされるのが自然の摂理だ。

「……でもここでオレが勝てばエンペラーの面目丸つぶれだよなぁ！　よぉし！　とことん殺し合うぞ！」

オレは命をかけてこいつを攻略してやる。これこそがオレが待っていた戦いであり、攻略し甲斐のある相手だ。

こいつは触覚で相手を感知しているから、暗闇でも問題なく動ける。速度も力も質量もあるから、まともにやり合ってもこっちがじり貧になる。しかも何度目かの地中ぶち抜きによって洞窟全体の地盤がかなり危うい。

エンペラーワームの突撃をくらいながらも、オレは同時に斬りつけて反撃していた。エンペラーワームから緑色の体液が噴き出すも、致命傷には遠い。

「シャドウサーヴァント＋ブラックホール＋ダークニードル＋ダークフレイム」

シャドウサーヴァントで手数を増やしつつ、オレと合わさってダークニードルを放つ。

更にブラックホールから飛び出すのはダークニードル、そしてダークフレイムだ。このダークフレイムは以前リリーシャの魔法をブラックホールで飲み込んだものだった。

ブラックホールに飲まれたものは闇属性を帯びて変換して放てる。そこら中にブラックホールを展開しつつ、シャドウサーヴァントとオレで徹底して集中砲火。シャドウエントリを織り交ぜてしまえば、暗闇中を移動し放題だ。

「ヒュルル……！」

「苛立っているのか？　洞窟内の暗闇はお前だけのフィールドじゃない。単純なスペックじゃ負けてるけど、こっちには手数があるんでな」

かつて上位種を食らった王は今、バルフォント家のアルフィスに苦戦している。実に気持ちがいい。

ただダメージを蓄積させながらもエンペラーワームは恐怖を感じないのか、撤退という選択肢はないようだ。ひたすら本能の赴くままに獲物を捕食しようとする。

「ヒュルルルァァァーー！」

「バカの一つ覚えが……」

エンペラーワームが上方の壁をぶち抜くと、洞窟全体が大きく揺れた。

「おい、これはちょっとまずいな……」

「ヒュルルアァ！」

エンペラーワームが曲線を描いて、今度はオレを下から突き上げた。オレの体が大きく吹っ飛ばされてると同時に洞窟が崩落を開始する。

大量の岩が降り注《ふそそ》いで、オレは魔剣で弾きつつエンペラーワームにしがみついた。

「おいおい！　このまま地上まで飛び出す気か⁉」

オレの予想通り、エンペラーワームは地面をぶち抜いて地上に出た。その勢いで空中に舞ったオレは遠くに何人かの人影を見る。あれは生徒会の連中と教師か？　リリーシャとガレオが連れてきたんだな。

「アルフィス！　あんなところに！」

「あ、あれはエンペラーワーム⁉　あんなものが演習場にいたのか！」

遠くからうっすらとリリーシャと会長の声が聞こえる。

空中から落下を始めたオレは一緒に落ちるエンペラーワームを大きく斬りつけた。その反動でオレも後ろへ飛んでいって、地面に激突寸前に木の陰にシャドウエントリで潜り込む。再び姿を現すとエンペラーワームが待ち構えていたかのようにまた襲ってきた。

「そうだな。もうあんな狭い洞窟でちまちま戦う必要はない」

オレは真正面から魔剣を縦に振った。当然エンペラーワームの突撃に敵《かな》うはずもなく、斬られながらも激しい突撃をやめない。大口が目の前に迫っていよいよ食われるかとなったところで、オレは左に転がってかわした。

オレが態勢を立て直すとエンペラーワームは目のない頭をこちらに向ける。何を言わんとしているかはなんとなくわかった。

「どうだ？　何度ぶちかましてもオレが一向に倒れんだろう？」

「ヒュルルルルッ！」

エンペラーワームの突撃をほぼまともに受けながらも、オレはダメージをあまり負っていない。オレは事前にとある魔法を使っていたからだ。

「闇属性エンチャント……ブラッドソード」

これがアルフィスを強者たらしめた極悪魔法の一つだ。これがエンチャントされていると斬った時に相手の生命力を吸収する。魔剣の効果も相まってその威力が増大されていた。

それと共にエンペラーワームの動きが鈍っている。それもそのはず、生命力を奪われ続ければまともに動けなくなるのは当然だ。

エンペラーワームはオレに斬られるたびに段々と弱っていた。

「ヒュルルル……！」

「とはいえ、こんな図体の魔物を絶命させるとなるとなかなかの手間だ。あまり時間はかけられん……」

　オレは体中に波動をみなぎらせた。あまり長時間の使用は難しいが、今のオレなら無理をしなければ問題はない。

「なんだ？　アルフィスからとてつもない気配を感じる……」

「波動……」

「リリーシャ、なんだって？」

「会長、あれは波動というものらしいです」

　そういえばリリーシャには言っていたな。まぁ知られたところで問題はないか。使いこなせるのは世界でも上澄みの強者のみだ。

「まともに攻撃をしたところでお前には再生能力があるからな。だがオレの波動は破壊、その本質はあらゆる再生を許さない。防御無視の絶対破壊だ」

　こんな化け物を一対一で相手取るのは正気じゃないが、オレの目標はこんなものじゃない。都市を壊滅させる化け物だろうと、王国の手に負えなかろうと。それをねじ伏せるのがバルフォント家だ。

「支配者たる一族たらしめるバルフォント家の恐ろしさを見せてやろう！」

オレは地を蹴って襲いかかるエンペラーワームを真正面から捉えた。造作もないただの斬り込みだ。だがそれで問題ない。

オレは力いっぱい魔剣で一閃——

「ヒュルルッ……！」

エンペラーワームが真横に裂かれて木々を壊した。再びビクンと跳ねて活動を再開しようとしたがすぐに動かなくなる。破壊の波動が再生を否定したからだ。

「ではこの状態ならさすがにいけるだろう」

オレはもう一度、魔剣を連続で振った。

細切れに斬り裂かれたエンペラーワームの体がそれぞれ闇に包まれていく。巨大ミミズの体がすべて消えるのに数秒とかからなかった。

その体を完全に消えたことを確認すると途端に体中から力が抜ける。足腰が体を支えられなくなってその場に倒れてしまった。情けないことにこれが波動の力を使った反動だ。

レオルグ達ならこんなことにはなっていないだろう。今のオレに波動はまだリスキーな手段ということだった。

「ア、アアア、アルフィス様ァーーーーー！」

「ルーシェル、来ていたのか」

やってきたルーシェルが倒れているオレに泣きすがってきた。

「ボロボロになってぇ！　なんでボクを呼んでくれなかったんですかぁ！」

「今回は事情があるんだよ」

「そんなことといってアルフィス様に何かあったら……うわぁーーん！」

「まったくうるさいな……」

体が動かせないオレはルーシェルにされるがままだった。

頭を胸に抱かれて涙と鼻水が落ちてくる。普段なら怒るところだが、今はあえて好きにさせておこう。決して悪い心地じゃないからな。

＊＊＊

「気がついたか」

目が覚めると学園の医療室のベッドに寝かされていた。頭が冴《さ》えない状態で見渡すとそこにはリンリンがいる。

奥には保健の教師が書きものをしていたけどオレに気づくと安堵した。

「リンリン先生！　アルフィス君が目を覚ましたんですか！」

「あぁ、さすがは優秀な教え子だよ」

「丸一日も目がさめなくてどうしようかと……」

オレはそんなに眠っていたのか。そう思って体を動かそうとすると——

「いでででで……！」

体中がものすごく痛い。波動に対する体への負荷が凄《すさ》まじいな。

ただこれは運動に慣れてない人が運動をすると筋肉痛になるように、慣れの問題だと思っている。オレの意識が途絶えたのも、波動の負荷が強すぎたせいだ。だからこれからは少しずつ波動に体を慣らしていかないといけない。

それと後は単純にエンペラーワーム戦でも魔力と体を酷使しすぎたってのもある。あの規則性のない動きは捉えるのにめちゃくちゃ苦労したからな。

悔しいけどもう少し体を休めないと——

「ワームキッスゥゥゥー！」

「うわっ！」

ベッドの下から滑り出すように出てきたのはミレイ姉ちゃんだ。なんとかキスの奇襲はかわしたものの、オレの体に巻き付くようにして離れない。

こいつ、魔法で体を半分くらい液体化させてやがるな。それでいて水圧がしっかりかかるからまるで振りほどけない。

「なんでここにいるんだよ⁉」

「だってぇ！　あなたが倒れたっていうからそりゃ来るってもんよぉー！」

「情報の伝達が早すぎだろ。さすがバルフォント家だな」

「アルフィスがあのエンペラーワームを討伐したって聞いてね、お姉ちゃん感動とショックで失神しちゃったの！　丸一日もよ！」

まさかベッドの下に丸一日もいてしかも失神してたのか？　どの段階でそうなったのかわからんし計算が合わないけど、どうでもいいか。それにしてもまったく離れてくれないほうが問題だ。

「おい、離れろ。こっちは怪我人なんだぞ」

「抱き付きながらアクアヒールで回復してあげてるのよ」

「くっ！　理由があるだけうざったい！　水だから摑めもしない！」

「水も滴るいい女ってこと」

「うるせぇ！」

なんてやっていると治療室にルーシェルとリリーシャ、レティシアが入ってきた。あらぬ誤解を招きかねない状況だがどうにもならない。

「ア、アルフィス様！　目が覚め……あーー！　ミレイ！　まーたふしだらなことやってる！　離れろーー！」

「なんなのよ、あれ⁉」

「アルフィス様から離れてください！」

三人が姉を引きはがそうとするがまったくどうにもならない。こうしている間にも回復しているから余計に腹立たしい。

姉達ともみくちゃになって、一つのベッドに何人乗ってるんだ。

「あらあら、ルーシェルちゃんとその他の方々はクラスメイト？　アルフィスがお世話になってるわ。私は姉のミレイよ」

「ミ、ミレイ？　幼くして国立魔法研究所の所長の座を奪……ついたことで有名な⁉」

「あなたはリリーシャさんね。パーシファム家のご高名はうかがっているわ。ご令嬢が卓越した才能の持ち主だとも……」

「あら、さすがはバルフォント家の方ね。あなたとは仲良くなれそうだわ」

一瞬で懐柔されてんじゃねえよ。それよりそろそろ離れてほしいんだが。

「あ、あの！　ミレイさん……さすがにこれはよろしくないのでは？」

「とか言っちゃってまんざらでもないじゃない、レティシア姫。それにパーシファム家のご令嬢……アルフィスも隅に置けないわね。これなら合格よ」

「は？」

「どの子を正妻にするかはアルフィス次第だけどね！」

「しぇいいしゃいいいぃーーーーーー⁉」

女子達がミレイ姉ちゃんのトンデモ発言にぶったまげている。

腹立たしいがオレの力じゃミレイ姉ちゃんは止められない。昔からどんなワガママでも通してきた。わずか10歳で魔法研究所の所長になった際には常駐していた警備の魔術師を蹴散らした。

その理由は魔法で遊びたいから、だ。クソみたいな理由で国が運営している施設を乗っ取り、実験と称して山一つ消滅させている。

そして飽きたら今度は適当な人物に運営を任せて今はこの有様だ。こんなんでもミレイ姉ちゃんの魔法実験で生み出した数々の魔法は王都に大きく貢献している。王都の中心にある回復の泉の噴水や癒《い》やし効果がある大衆浴場はミレイ姉ちゃんがすべて開発した。

もっとも、本人は「ただ面白そうだから」以外の理由はないんだけどな。適当に動いても結果的に国に貢献してしまっているのはバルフォント家の素質が成せる業だろう。

「コホン……諸君、特にミレイ。そろそろ離れてくれないか。一応、ここは神聖な学園内なのでな」

「リンリン先生もご一緒にどう？」

「遠慮する」

ミレイ姉ちゃんがやっとするりと離れてくれた。同時にまとまっていたリリーシャ達が解《ほど》けてそれぞれ床に転がる。

「いたた……とんでもない魔力ね。さすがはバルフォント家……」

「でも悪くなかったです……」

「えっ？」

レティシアが頬を赤らめて危険な方向へ行こうとしている気がする。そこでまたリンリンが咳《せき》ばらいをした。

「アルフィス、今回はご苦労だった。姉のミレイもそれだけ心配していたのだから、そう気を悪くしないでほしい」

「そこが私のいいところなのよ」

自分で言うな、ボケ。こんなどうしようもない姉でもちゃんとフォローしてやるリンリンは教師の鑑《かがみ》だな。

「エンペラーワームが迫っていたことを察知できなかったのは学園の失態だ。生徒会側にも落ち度はない。学園の教師として、生徒の世話になってしまったことについては私から謝罪しよう」

「そう畏《かしこ》まらなくてもいいよ。いい経験になったからな」

「そう言ってもらえると気が楽になる。後ほど学園長や生徒会からも謝罪があるはずだ」

「別にそこまでしてもらわなくても」

その時、治療室のドアがバンと開けられてガレオが勢いよく入ってきた。

「おおおぉぉお！　一年！　無事だったか！　さすがは俺の後輩だ！」

「ガレオ先輩、ちょっと暑苦しいわ」

「よがっだ、よがっだぁぁぁ」

ガレオ先輩が涙を流してオレの無事を喜んでいる。根は悪い奴じゃないんだよな。ただちょっとうざいだけだ。

その後からゾロゾロと会長を含めた生徒会のメンバーが入ってきた。

「アルフィス、今回は……」

「あーもう謝罪ラッシュはいいよ。それよりまだ疲れが取れていないから寝かせてくれ」

「そうか、それはすまない」

オレは布団《ふとん》を頭からかぶって潜り込んだ。あの戦いの反省点とか色々と考えたいからな。が、これが悪手だった。

「お姉ちゃんが添い寝してあげる」

「頼んでない。消えろ」

「リリーシャちゃん、レティシア姫、ルーシェルちゃん。気が向いたらいつでもいいのよ？」

「マジで失せろ」

ミレイ姉ちゃんが布団に入ってきやがった。さすがに三人は入ってこないよな？　そう思ったらレティシアがオレの手を握ってリリーシャがもう片方の手を取る。

「か、勘違いしないでね！　別に好きとか愛してるってわけじゃなくて、ただ離れたくないだけなんだから！」

「アルフィス様、一生お慕いします……」

「ミレイー！　アルフィス様から離れろぉーーー！」

おい、なんかこれって色々とおかしくないか？　唯一ルーシェルだけミレイ姉ちゃんに組みついて剝《は》がそうとしているが、他は顔が赤いぞ？　きっと熱でもあるんだろう。そうだろう。

＊＊＊

オレが復帰すると学園内はエンペラーワーム討伐の件でもちきり、でもなかった。あの件は生徒会と一部の教師しか知らないし、大騒ぎになるから外に情報を出さなかったと思える。生徒会の誰かが漏らしそうなものだが、そこはさすが生徒会。あのガレオでさえ口が堅いと見える。

復帰した後は学園長にも呼ばれたけど面倒だから適当に対応した。さすがに学園をぶっ壊されるまでの被害を出すのは本意じゃないだろうし、遅かれ早かれバルフォント家がやることになっただろう。

礼は形だけ受け取っておいて、それでも気が済まないならバルフォント家に送金しておいてくれとだけ伝えた。

「レティシア、いくぞ」

「はい……！」

オレは昼休みなどを利用して、リリーシャやレティシアの訓練に付き合っている。レティシアは元々一人で色々な生徒と決闘を行って訓練していたようだ。

ただやっぱり相手が王女とあって、どこか遠慮がちだったらしい。それがレティシアには不満で、これでは上達できないと悟った。そこで白羽の矢が立ったのがオレだ。

「ディフレクト！」

「甘い」

レティシアの剣に魔剣を数回ほど叩きつけるとディフレクトによる防御が崩れる。態勢を崩したところで胴体を切断してフィールド外へアウトさせた。

「うぅ……強すぎます……さすがアルフィス様……」

「重心は安定しているが魔力強化が安定していないな。ディフレクトの場合は全身で受けることを想定して、魔力強化を行き渡らせろ」

「はい……」

「次はリリーシャか」

リリーシャがフィールド内へ入ってくる。レティシアはともかく、リリーシャが学園で訓練をする姿を見るのは初めてだ。この前の一件がよほど堪《こた》えたらしい。

パーシファム家は教えるだけならオレなんかよりよっぽど優秀な人材を揃えられる。ただしこいつのことだから、すでにそんな連中は足元にも及ばないんだろうな。

上達への近道は結局のところ、相応の相手と経験を積んでステップアップしていくしかない。オレだって最初の頃はその辺のザコモンスターを延々と狩っていたからな。

さて、オレと戦った時よりも強くなっていると思うが今回はどれだけ成長しているかな?

「手加減なんかしたら承知しないわよ」

「じゃあ瞬殺すればいいんだな?」

リリーシャが開幕で大小の炎球を放った。魔力がよくまとまっていて凝縮されている。微妙に曲線を描いているし、おそらく誘導式だろう。

あれに当たると魔力強化込みでもそれぞれが大爆発を起こして体ごと焼かれてしまう。一発の威力が以前のフレアと同等と考えたら、先日とはもはや別人だ。

「成長したな。が……」

この段階じゃ芸がない。オレはブラックホールを作りだしてすべていただいておいた。こいつもいつか有効利用させてもらおう。

「今ので終わりか?」

オレが余裕を見せた時、背後から炎がバーナーのように噴出された。さすがに不意をつかれたオレは完全には回避しきれず、左腕をかすってしまう。

いつの間にこんなものを、と思ったがおそらく炎球から散った火の粉だ。ほんの小さな火の粉に籠《こも》った魔力を膨張させたんだろう。

「まさかこれも回避されるなんて……!」

「いや、少し驚いたぞ。じゃあ、今度はオレからいくぞ」

オレはリリーシャの真正面に突っ込んだ。リリーシャは炎の壁で防御を試みるが、そんなものは魔剣で一閃。

そこから更に突っ込むと見せかけてシャドウエントリでリリーシャの背後を取った。背中を一刺しし、フィールド外にアウトさせて試合が終わる。

「くっ! 全然敵わない……!」

「いや、めちゃ強くなっているな。危うく本気を出しそうになったよ」

「本気じゃないのね……それでこそ私の愛す……じゃなくて気になる人よ」

「訂正後がそれでいいのか?」

なんかずっと顔が赤いけど見なかったことにしよう。これはそういうのじゃなくて炎魔法の影響なんだからな。それにしても以前なら負けたら大泣きしていたのにずいぶんと成長したもんだ。

「さっすがアルフィス様!」

「何を言ってる。ルーシェル、お前もオレと戦うんだよ」

「いやいや！　ボクがアルフィス様に敵うわけないじゃないですかぁ！」

「敵うとかそういう問題じゃなくてな。オレの従者として強くなってもらわないと困るんだ」

「アルフィス様の従者として……困る……」

ルーシェルが両手で頬を抑えて体をくねくねさせている。なんか都合のいい脳内変換が行われている気がするな。まったくこの色ボケにも困ったもんだ。

それでなくても今は各生徒、かなり気合いを入れて訓練をしている。なぜかというとそれは王族の護衛選抜試合のためだ。近々、王族や貴族が学園を見学に来るらしい。

その護衛を優秀な生徒に任せることによって、学園の地位を向上させる狙いがある。もちろん通常の護衛もいるが、やり方によっては王族に自分の存在をアピールできるチャンスでもある。だから今回は平民の生徒も必死に訓練をしていた。

「アルフィス様、今の私は選抜試合を勝ち抜けるでしょうか？」

「レティシアか。実力だけ見れば望みはあるが、実際の試合では何が起こるかわからない。それはお前が一番理解しているだろう？」

「確かにそうですね……」

選抜試合は全学年で無差別に行われる。だから当然三年生が有利にはなるが、二年や一年は負けても特別審査によって選ばれる可能性が十分あった。要するに一年にしてはやるなと思わせればいい。

「アルフィス様！　選抜ファイトです！　選抜ファイトです！」

「アルフィス様がこっちを見た！」

「いえ、私のほうをガン見したのよ！」

アルフィスとかいう奴のファンクラブの連中だな。低レベルな争いが見られるがスルーだ、スルー。

「アルフィス様。あそこにいるファンクラブの奴らはさぼってますよ」

「別に全員が上を目指す必要もないだろう。というかお前も確かファンクラブに入っていたよな？」

ルーシェルがどこでそれを、みたいな顔をした。バルフォント家の情報網を舐めるなよ。ファンクラブの会員の詳細はすべて把握している。何をしでかすかわからないからな。

「おおぉぉーーい！　アルフィス！　選抜試合では手加減しねぇけど応援はしてやる！　気合いだ！　気合いだ！　気合いだぁぁーーー！」

「おおぉぉぉーーーー！　アルフィス！　勝てよ！」

いや、待て。ガレオが男集団を率いて旗を持ってるんだが？　あれはさすがに聞いてないぞ。

「アルフィス様、男子にもモテモテなのですね」

「なんでだよ、レティシア。意味わからんわ」

「知らなかったのですか？　リリーシャさんとの試合の時以来、男子からも支持されているのですよ」

「あーーー……あの時か」

レティシアでさえ知っているというのにこれは盲点だった。というかあのクソミミズとの戦いで疲れていたから、それどころじゃなかったんだわ。

どいつもこいつも勝手にしたらいい。

「お前らぁ！　あのアルフィスは俺と共闘して以来、その実力を認めているんだ！　腐った応援しやがったらぶっ飛ばすぞ！」

「おおおぉぉーーーー！　アルフィス！　アルフィス！　アルフィス！　アルフィス！」

「まったく惚れるぜ……」

もう本当に勝手にしてくれ。ただしなんか不穏な奴が一人いるのが気がかりだけどな。このオレが悪寒《おかん》を感じるとは一体。

オレとルーシェルは連休を利用して魔剣ディスバレイドがあったジムル山脈に来ていた。時間さえあればオレ達はこうして自然の中で鍛えている。

人間相手の訓練もいいが、それだけだと戦闘能力の向上しか見込めない。

強さとは生き残る力だ。学園の決闘みたいに一対一で向かい合って戦う場面ばかりとは限らない。現実は不意打ち上等だし、心の準備をさせてくれるような奴《やつ》もいない。

「アルフィス様ぁ、飛ぶの禁止ってひどくないですかぁ」

「お前の場合、ピンチになるとすぐ飛んで上に逃げる癖《くせ》があるからな。ある程度の達人相手なら読まれるぞ」

ルーシェルはブツクサ文句を言いながら木の枝を杖《つえ》にして歩いている。ベタなことしやがって。

「でも飛べば飛び道具でもない限り狙《ねら》いようがないじゃないですか」

「お前は常に飛んで生活するのか？　地上にいる時に命を狙われたらどうする？」

「だから飛んで逃げますよぉ」

「そんな暇を与えてくれるような奴には負けないだろ。遠くから矢でも撃たれたら終わりだな」

オレがわざと意地悪く言うとルーシェルが唇を尖《とが》らせている。こいつの今のメンタルはストーリー中に倒される中ボス時の時と同じだ。戦う前は散々イキり散らかして、負けたら言い訳めいた捨て台詞を吐いて逃げる。

そんな姿勢じゃ最強の隠しボスには程遠い。というか一緒に行動していて思ったが、ゲームのルーシェルはどうやってあんなに強くなったんだ？

転生する前は気にしてなかったけど、ゲームでも設定資料でも一切《いっさい》不明なんだよな。魔物図鑑には「すごくがんばって鍛えたのだ」とかふざけたこと書かれていたっけ。

「はぁ……はぁ……もぉーー指一本動かせない！　無理無理無理ツムリィ！」

「仕方ないな。少し休むか」

「さっすがアルフィス様ぁ！　汗を拭きますね！」

「余裕で動けるじゃねえか」

しめたとばかりにルーシェルが布でオレの顔中を拭きまくる。こいつを鍛えるとは言ったものの、スパルタ指導をするつもりはない。そんなものに意味なんかないからな。

それにここで重要なのは自然界での戦い方だ。この自然界ではいつ魔物が襲ってくるかわからず、常に警戒する必要があった。全方位、気配、音、匂《にお》い、糞や獣道など。あらゆる痕跡に敏感にならないと、やられるのはこっちだ。常に命の危険に晒《さら》されることによって感覚や勘を研ぎ澄ます。

戦いってのは技術ばかりじゃどうにもならない。敵の気配や動きで先読みして当てることも大切だ。そこに敏感になるにはやはり生存能力だろう。魔物は常に自然界で生きているからか、これが人間以上に発達している。やばいと思った相手からは逃げるし、動きを読んでくることさえあった。

あのエンペラーワームがやたらと強かったのも、たぶんそこが絡《から》んでいる。今思えばあいつはオレがどう動くか、先を読んでいた節《ふし》があった。あの図体であんなにバカスカ当ててくるのはマジでやばかったな。

「あの、アルフィス様。手持ちのアイテムを見たんですけど、寝る時のものが不足してる気がするんです」

「野宿だからな。木の根を枕《まくら》にして眠る」

「えぇーーーー！　変な姿勢で寝たら首が痛くなりますよ！　九年前は色々持ってきたじゃないですか！」

「あの時は備えがなかったらさすがに死ぬだろうと。というか、でかい声を出すな。変なのが寄ってくるぞ」

ルーシェルのせいですでに勘づかれたみたいだ。

茂みの奥からやってきたのはブラッドマンティスが四匹。九年前のオレ達なら一匹でもご免こうむりたい相手だ。

「あーーわわわ！　こいつらボク達だけで勝てますかねぇ⁉」

「勝てなかったら終わってるぞ」

こいつらの鎌は鎧ごと人間をぶった斬る。間合いに入った途端にすべてが決着すると言われるほど速い。

「こいつらは煮ても焼いても食えない。食えるのは経験のみだ」

足腰を魔力強化してあえて踏み込んだ。一瞬の加速でブラッドマンティスの懐《ふところ》に潜り込むと同時に胴体を横に斬り裂く。

「接近戦は自殺行為だが接近しすぎ戦は有効だな。こんなに近いと鎌が届かないだろう？」

カマキリの鎌は獲物を逃がさないためにあるなんて言うけど、こいつは違うらしいな。

一匹やられたところでブラッドマンティスが一斉にオレに攻撃を繰り出す。だけどオレは即もう一匹の間合いを抜けて接近、キスできそうな距離で頭を跳ね飛ばした。その際に他二匹の間合いから外れるようしっかりと調整してある。

「セイクリッドスター！」

ルーシェルの矢が光となって二匹のブラッドマンティスを貫通する。

あまりに速いその矢は貫通後の光の一本筋しか痕跡を残さない。

この性能で複数体同時に攻撃できる不可視の矢は、隠しボスをやっている時にレティシア達を大いに苦しめた。防御や回避不可だから当然防御無視ダメージが入る。

どしゃりと倒れたブラッドマンティスを見て安心したルーシェルがニカッと笑う。

「アハハハハッ！ なんだ、大したことないじゃん！ ざーこ！」

「お前は弱い相手にはとことん強いな」

「アルフィス様！ どうですか！ ボク、強いですよね！」

「強い強い」

「えーへへへぇ！」

強くなったんだから頭くらい撫でてやらないとな。いやしかし、処理速度だけならオレより速いかもしれない。まぁ攻撃直前の初動に隙があるから、オレには通用しないけどな。

「ずいぶんと張り切っておるのう。山遊びなどしている暇はあるのかの？」

「ヒヨリ、これは護衛選抜試験に向けた訓練だ」

ヒヨリがモクモクと煙のように立ち昇って具現化した。こいつにとってはこれも山遊びなのか。それが今のオレ達に対する評価だから、そこは真摯に受け止めないとな。

「護衛選抜？」

「学園見学にやってくる王族や貴族の護衛を学生の中から選抜するんだよ」

「学生の中から？ そんなものにそなたが躍起になることもあるまい。それより先日のワームはよかったぞ。あれくらいなら、わらわもご機嫌なのじゃ」

ご機嫌なヒヨリだったが、わざとらしく大あくびをかいた。まぁ気持ちはわかるがな。

「なぜそう思う？　護衛は通常の戦いとは違って難易度がグッと上がる。守りながらの戦いなんてなかなか経験できないんだぞ」

「選抜試験など、どうせあのガキんちょどもが相手なのじゃろ？　嫌じゃ嫌じゃー！　せめて先日のワームくらい気持ちよく斬らせるのじゃ！」

「いやいや、別に直接あいつらと戦うわけじゃない。試験は一風変わっているんだ」

「ほぉ？」

ヒヨリが首を傾《かし》げて和服の裾《すそ》をパタパタとさせている。

ルーシェルがそれこそキスできそうな距離で詰め寄って睨《にら》んでるんだが、そっちが気になってしょうがない。

「護衛選抜試験だからな。普通に戦ってたんじゃ何の意味もない。それに……」

「それに？」

言葉を続けようと思ったがやめておいた。この世界がゲーム通りに進行するとは限らない。オレがアルフィスとなったことによってイレギュラーなイベントが起こる可能性だってある。

言い換えればゲームでは存在しなかったアルフィスルートだ。裏技で敵キャラのストーリーが楽しめるアレと似たようなものだな。ただし問題なのはそんなものはゲームでもプレイしたことがない。敵キャラのアルフィスを操作するなんて機会はなかった。だからこそ面白《おもしろ》い。ここから先、何が起こるか。

「学生だからとバカにするもんじゃない。少しはマシな奴が出てくるさ」

「ホントかのー？」

「まぁ勘だけどな」

ヒヨリが疑わしそうにまた大きく首を傾げた。それに連動してルーシェルの首も曲がるんだが、いい加減に笑いそうになるからやめてくれ。

＊＊＊

連休が終わって山から下りればまた学園生活だ。オレ達は屋上で五重の塔から四重の塔になった弁当を食べている。五重は多いと言ったら一段だけ減ったんだが、あまり変わってない。

「アルフィス様！　出汁《だし》巻きエッグですよ！」

「前から思ってたんだが、いつの間にこんなものを作ったんだよ。女子寮のキッチンってそんなに自由に使えるのか？」

「最初は寮母がうるさかったけど味見をさせたら黙りましたよ」

「実力でねじ伏せたのか。それでこそだ」

ルーシェルが頭をくっつけてきて大層機嫌がいい。それはいいんだが毎回のようにこれを処理、じゃなくて食べるのも大変だ。これだけでもきついんだが最近は——

「アルフィス様！　お弁当を持ってきました！　ご一緒させてください！」

「レティシア、その金閣寺みたいなボックスの量はなんだ？」

「きんかくじ？」

そう、このレティシアだ。最初はルーシェルだけだったんだが、レティシアまで張り切って弁当を作ってくる。

遠巻きから男子生徒達がすごい怨念がこもった視線を送ってくるけど、これは普通にきついぞ。

「クソッ！　アルフィス様、あんなにモテやがってよ」

「何が身分平等だよ。結局は貴族様ばかりモテやがる」

「でもメチャクチャ強いからなぁ。強い雄に惹《ひ》かれるのは雌の本能だよ」

妙に悟った奴もいて、昼食時は毎回カオスだ。そんなに羨《うらや》ましいならいっそ一緒に食べようかと声をかけてやりたくなる。

なんでこんな重要文化財みたいな弁当を二つも食べないといけないんだよ。そう思いつつ、断るのも気が引ける。

「はい、アルフィス様！　あーん！」

「レティシアっ！　そういうことはファンクラブの規定違反だよ！」

「え？　規定を熟読しましたが禁止されているのは告白などの行為では？」

「あっ……」

そういえばこいつらファンクラブの会員だったな。これって抜け駆けじゃないのか？

エスティに聞いてみたいがさすがにこの辺には――いた。屋上へ上がってくる階段がある建物の陰から顔半分だけ出して監視してやがる。まったく仕方ないな。

「おい、エスティ。こっちにきて一緒に食おうぜ」

「はぅわっはぁ！」

エスティが驚きのあまり、三回転くらいして転んだ。なんで歩いてもないのに転ぶんだよ。

「いいい、いえ、私は会長として！」

「クラスメイト同士で食事をするのになんの問題があるんだよ。どうしても納得がいかないなら会員も呼べよ」

「いえいえー―――――！」

エスティが全力ダッシュして逃げていってしまった。せっかくこの重要文化財を一緒に処理してもらおうと思ったのにつれない奴だな。

「しょうがないから急いで食ってしまおう」

「学生の身分で随分と豪勢なものを食べているのね」

「また変なのが来たよ。また尾行しただろ」

　リリーシャが当然のように登場して、エアーズロックみたいな弁当を持参している。こいつ、前までは学食ばっかりだったくせに最近は弁当なんか持ってきてるんだよな。

「別に尾行していたわけじゃないわ。あなたが好きとか一切思ってないから勘違いしないでね。少し気になっただけよ」

「普通の人間は少し気になっただけで長距離の尾行とかしねぇんだよ」

「……ところでそれだけの弁当をどうやって食べるつもりかしら？　まさか残すなんて恥知らずな真似はしないわね？」

　リリーシャがごく当たり前のようにオレの横に陣取る。そして豪華絢爛《けんらん》な弁当をチラチラと物欲しそうに見ていた。そんな世界遺産みたいな弁当を持ってるくせにまだ食うのかよ。

「リリーシャさん。そんなにお弁当を食べたらお腹《なか》を壊しますよ」

「あら、お姫様。勘違いしないでね。これはあくまでアルフィスに食べさせるつもりだったのよ。栄養が足りてないと、私が勝っても嬉《うれ》しくないもの」

「そ、そ、それって愛妻弁当というものでは⁉」

「なっ！　バ、バカなこと言わないで！　別に新婚生活の予行演習じゃないわ！　ちょっと作りすぎただけよ！」

　お前、オレに食べさせるつもりとか言ってただろ。なんか勝手に二人とも赤くなってるし、この間に食べてしまおう。

「もーー、せっかくアルフィス様との至福の時を過ごしたかったのに……」

「ブツブツ言ってないでお前も遠慮なく食べろ」

量は多いけど味はいいんだよな。レティシアやリリーシャは箱入り娘かと思いきや、なかなかの料理の腕だ。もっとも意外なのはルーシェルで、こいつのキャラ的に料理なんて死んでもやらないんだけどな。

オレがガツガツと食べていると、遠くから生徒達の話が聞こえてくる。

「そういえばルビトン派の幹部が決闘でやられたんだってな」

「トガリ派に続いてマジか。ルビトン派の幹部といえば学年10位以内の実力者だぞ」

「トガリ派なんか女番長に軒並みやられてほぼ壊滅状態だし、一体どうしちまったんだか……」

そんな話を聞き流していると、屋上に男子生徒が息を切らして上がってきた。

「はぁ……はぁ……た、大変だ！　スカラーバがやられた！」

「な、なんだって！　誰《だれ》にだよ！」

「それが一年なんだよ！　もう勝負にもならなくってさ！」

「スカラーバ派っていえばデニーロ派が消えてから一気に勢力を伸ばしていただろ……その一年ってのは何者だ？」

おーおー、今日も学園はお盛んなことで大変よろしい。ぜひともバチバチやり合って成長してくれ。護衛選抜試験もあることだし、もしかしたら新興勢力が台頭してくるかもな。

「なんだか物騒ですね……リリーシャさん、どうにかなりませんか？」

「生徒会としては校則の範囲での決闘なら認めているわ。それよりレティシア、私なんかに頼ってプライドはないの？」

「リリーシャさんだから、ですよ」

「え？　そ、そう」

こっちはこっちで妙な空気になっていた。お前らもそうやって互いに認め合ってくれ。

そんなことより今度の休みはどうするかのほうがオレにとっては重要だ。山籠もりするには日数が足りないし、そうなるとバルフォント家での訓練が妥当か。

「アルフィス様、今度の休みなんですけどぉ……たまには山じゃなくて違うところにお出かけしたいなーって……」

「違うところ？　他に訓練に適した場所があるのか？」

「そうじゃなくてぇ！　お、王都に買い物とか、その……」

ルーシェルがモジモジしながらオレを買い物に誘ってきた。こいつがオレに休日の行動を提案するなんてな。よっぽど山籠もりから逃げたいのか、それともどうなんだ？

「買い物？」

「アルフィス様と？」

おっと、これには一同弁当を食べる手を止める。ルーシェル、この場での発言には適していなかったな。なんだかオレにはこの後の展開が予想できるぞ。

＊＊＊

休日、なんだかんだでオレは女子三人と王都に出かけることにした。本当は訓練に当てたかったんだけど、たまにはこういう息抜きも必要だ。

それでなくてもオレはこの世界に転生してから真面目に王都を歩いたことがない。それが集まるなり、ルーシェルとレティシアがいきなり揉《も》め始めたんだからすでに波乱だ。さすがオレといつも一緒にいるだけあって、ルーシェルはオレの趣向を知っている。

「アルフィス様は真面目《まじめ》なお方なんです！　そんな遊びなんてしません！」

「アルフィス様は意外とゲーム好きなの。だからカジノ一択、わかる？」

「レティシアはアルフィス様のことをなーんにもわかってないね！」

「ア、アルフィス様！　本当にカジノに出入りしているのですか⁉」

「いや、出入りしてない。飛躍するな」

レティシアが興奮のあまり、あらぬ解釈を始めた。というかこいつ、ゲームだとプレイヤーが操作した時に思いっきりスロットとかやるんだけどな。

レティシア本人はあまりああいう施設は好きじゃないという設定だったはず。ゲーム内でも難色を示していたからな。でもプレイヤーが操作すればやってしまう。

「オレはゲームは好きだがカジノは好みじゃない」

「ほらぁー！　アルフィス様はカジノは好きじゃないと仰《おっしゃ》ってます！」

ほらぁーってお前。レティシアが勝ち誇るとルーシェルがぐぬぬしている。

しかしアレだな。中央広場を待ち合わせ場所にしていると、どうしてもカップルが目立つ。普通はカップルってのは二人一組なんだが、ここにいるのは男一人に女三人だ。

「おい、あいつ女三人連れだぞ……」

「あの歳《とし》ですげぇな」

「若い奴がけしからん！　家に帰って勉強でもしておけ！」

そりゃジロジロ見るよな。そして余計なお世話だ。というか学園の外にいてもこういう反応されるんだな。

「下らない。行先なんて初めから決まってるじゃない」

「リリーシャ、どこか当てがあるのか？」

「アルフィスは私とやりたい。そうでしょ？」

場が凍り付いた。こいつ、炎魔法の使い手だよな？　ルーシェルが耳たぶまで赤くして、レティシアがきょとんとしている。

「リ、リリーシャァーーー！　そんなふしだらなことは許さない！」

「な、何よ。あなたもやりたいなら私の後でいいわよ」

「はあぁーーーー!?」

ルーシェルが茹《ゆで》ダコみたいに顔を赤くしてよろよろと後ずさる。ここにいるのは世間知らずの小娘二人と耳年増のクソ天使が一人。

オレだって思春期の男子だし、まったく意識してないわけじゃない。

「ア、アルフィス様！　なんで赤くなってるんですかッ！」

「いや、別に……」

「アルフィス様がふしだらだぁーーーー！　うわぁーーーーん！」

「もういいから場所を変えるぞ」

オレはルーシェルの手を引っ張って広場から離れた。

二人も空気を読んで慌ててついてきてくれたところで、さてどこへ行こう？

＊　＊　＊

「だからアルフィスは私と戦いたいんでしょ？」

「いや、全然」

ひとまず適当な服屋に入ってしまったけど、ここでよかったのか？　普通はカフェだろ？

それもこれもクソ天使のせいだ。

そしてリリーシャの言わんとしていることはわかっていた。本当だ。

「なんでよ。まさか怖気《おじけ》づいたの？」

「なんで息抜きでお出かけしているのにお前と戦わなきゃいけないんだよ。そんなもん学園でアホほどやれるだろ」

「た、確かにそうね」

「今日は休日を楽しむんだよ。お前も戦いのことばっかり考えてるから変な誤解されるんだ」

「変な誤解ってなによ」

これはこれで意味がわかってないんだな。これ以上クソ天使に騒がれると面倒だから、オレは話題を切り替えることにした。

ここは服屋か。ファッションにはさっぱり興味がないし、どうしたらいいものか。

「アルフィス様、一体どういうことですか？」

「知らん。それよりレティシアは王女の立場でこんな外出していいのか？」

「学園に在籍している間は一般生徒と同じような活動を許されています」

「そうか。それなら今日は思いっきり楽しめるな」

よし、話題は完全に切り替わった。

じゃあ次は服だな。まったく興味がないが、女子はこういうの好きなんだろ？　存分に見て回ってくれ。

「ルーシェルは欲しい服ないのか？」

「え？　ボクはぁ……」

ルーシェルの視線が泳いでしまった。制服以外だと白のワンピースみたいなのを着ていたからな。もしかしたらファッションに興味がないのかもしれない。

「こ、これとか？」

「なんでオレを見るんだよ」

「これはどうですか？」

「似合ってるんじゃないか？」

「ホントですかぁ！　じゃあこれ買います！」

ルーシェルが喜び勇んで服を買おうとしたところで、服の値段が五桁《けた》だった。任務の報酬があるから買えないことはないが即決していい値段でもなさそうだ。

「えーへへぇ！　買っちゃった！　着替えてきますね！」

「さっそくかよ」

ルーシェルが試着室に入っていく。

試着室の壁が回転扉になっていて人が拉致《らち》されるとかいう都市伝説をふと思い出した。まぁあいつを拉致できるようなのはいないと信じたいが。

「これなんか私に似合わないわねぇ」

ふと横を見るとリリーシャがオレをチラ見しながら服を自分の体に当てている。似合ってるかどうかはわからないが、それも値段の桁がすごい。金持ちのお嬢様といえど、迂闊《うかつ》にお勧めしていいものじゃないな。

「そうだな。やめたほうがいい」

「なっ！　なによ！　生意気ね！」

「なんでだよ」

こいつの沸点はどうなってるんだよ。自分で似合わないって言っただろ。

「ア、アルフィス様。こちらはどうでしょうか？」

「いいんじゃないか？」

「本当ですか⁉　では買ってきますね！」

「え？」

おい、せめて値段を見ろ。お姫様だからオレが金銭的な心配をすることじゃないが、明らかにブランド品のお値段だぞ。なんでどいつもこいつも即決しやがるんだ。少しは自分を貫け。

「アルフィス様！　買って着替えたのですが似合ってますか？」

「ほ、本当に買ったんだな。似合ってるよ」

「うふふふふ、ありがとうございます！」

そりゃ意味不明な値段の服を買った後で似合ってないなんて言えないな。

ルーシェルと二人で並んで服がおニューだ。

オレの適当な判断で高い買い物をさせてしまったが、大丈夫だろうか。オレはファッションについては本当に専門外だぞ。

「道を開けよ！　ほーれほれ！　シッ！　シッ！」

店の外が騒がしいな。窓から見てみると、王都の中央通りに大名行列を作った豪華な馬車が堂々と進んでいる。

その馬車に乗っている太った男が偉そうに道行く人を片手で追い払うようにして振っていた。

あれは北にあるオールガン国のヘズラー公爵だったか。でっぷりと太っただらしない体型に蝶ネクタイ、趣味の悪いピンクと赤のストライプ模様のスーツ。そのヘズラーが多数の護衛を引き連れて、馬車から人々を見下ろしていた。

「久しぶりに来てみれば相変わらず狭い町であるな。まったくいつになったら王都へ着くのやら……」

「ヘズラー公爵、ここがすでに王都でございます」

「失念！　フヒヒッ！　この分では騎士団も大したものではあるまい！」

「我が国のグリムリッターは大陸最強ですからな」

ヘズラーがわざとらしく勘違いをして、側近の執事が突っ込む。遥々とやってきてクソみたいな漫才をしてやがるな。すでに皆が白けているのがわからないようだ。

それにしてもオレが知らないイベントが発生してしまったな。つまりあいつが何の用で来たのかまったくわからない。ヘズラーといえば終盤でちょろっと出てくる程度のちょい役だったはずだ。こんな逆ユニークな奴だったとは。

「あれは確かオールガン国のヘズラー公爵……」

「レティシア、あいつがこの国を訪問する予定なんてあったのか?」

「学園に在籍中はお城での公務には携わってないのでそこまでは……」

「ふむ、なるほどな」

隣国から公爵がアポなしでやってくるなんて普通は考えられないな。気になることはあるが、現時点では見送るしかないか。

「ほれほれ！　とっとと道を開けるであるぅ！　おい！　そこのガキィ！」

ヘズラー行列の前にいたのは幼い少女だ。まだ分別がつかなそうな年齢の子で、母親が慌てて出てくる。

「大変申し訳ございません！　すぐにどかせます！」

「貴様、ド平民の分際で私の進行を妨げたであるな。そこに立っているである」

ヘズラーが丸々とした体ごと、よっこいしょと馬車から下りる。それから少女の母親の前に立つと思いっきり平手打ちをくらわした。

「あっ……！」

「ド平民のカスが私の進行を妨げるなど許されんである。この女、無事では済まさんであるぞ」

「お、お許しください！」

おいおい、さすがに他国に来てここまでやるか？　すぐに騎士団がやってきて問題になるぞ。

「あぁ！　この手が汚れてしまったである！　おい！　ド平民！　どうしてくれるであるか！」

「すみません、お許しください……」

「ままぁー！」

少女が母親に縋《すが》りついて泣き始めた。騎士団に対処させようと思ったが、さすがに胸糞悪いな。というか到着が遅すぎだろ。なにやってんだよ、あいつら。

やれやれとばかりにオレが行こうと思ったらすでにレティシアが親子をヘズラーから庇《かば》うようにして立った。立場的に大丈夫か？

「ヘズラー公爵、やりすぎではありませんか？」

「なんだ貴様は。誰に向かってものを言っているであるか」

「私はレティシア、この国の王女です」

「レティシア？　あぁーー！　そうであるか！　あんなに小さかったのにずいぶんと大きくなったであるなぁ！　色々と！」

クソみたいなセクハラまでぶち込んでヘズラーは下品に笑う。

だけどレティシアにその手の攻撃は通じないぞ。耳年増のクソ天使は顔を赤くして憤慨しているが。

「アルフィス様！　あのエロデブ、ぶち殺しましょうよ！」

「まぁレティシアだけに先陣を切らせるわけには……おい、リリーシャ。なにをやってるんだ」

リリーシャがつかつかと歩いてヘズラーに近づこうとするが護衛が立ちはだかる。あの護衛は確かオールガン国のグリムリッターか。

グリムリッターは王族が民から吸い上げた税金を注《そそ》いで完成させた戦闘部隊だ。童話の世界から出てきたかのような現実感のない強さから、そう名付けられた。

まるでマシーンのように任務をこなすことで有名で、内紛が起こった際には顔色一つ変えずに近隣の村の女や子どもを問わず虐殺している。敵軍の戦力が３００に対してグリムリッターはわずかその十分の一なんだから、化け物揃《ぞろ》いってわけだ。

それはそれとして前世ではこの世界にもグリム童話はあったのかという突っ込みをしたなぁ。

そしてあっちの国では王族が貴族に一定の戦力を貸し出すことになっている。国への貢献度や忠誠度が高いほど身の守りを固める恩恵を受けられるわけだ。

これ以外にも王族は貴族達に様々な支援を行っていた。だからあちらの貴族社会では王族にいかに気に入られるかという競争が起こっている。

王族と貴族が持ちつ持たれつやっているこの国とはまったく違う。その代わり、あっちでは王族による絶対的な支配体制が確立している。バルフォント家みたいなのを出さない対策としては上出来な社会システムだ。

「小娘、止まれ」

「嫌よ。あなたがどきなさい」

「それ以上近づけば排除する」

リリーシャは相手の有無を言わさず片手に火球を作りだして直接その顔にぶつけた。グリムリッターの男の顔面がほぼ吹き飛んで転げまわる。

「が、うがぎぎぁぁぁーーーーー！」

「口で言ってるうちにどかないからそうなるのよ」

沸点低すぎだろ。なにやってんだ。ていうかグリムリッターのあの男は決して弱くないぞ。学園の生徒が束《たば》になっても敵《かな》わんくらい強いはずだが。やっぱりリリーシャ、かなり強くなっているな。

「な、なんであるか！　何が起こったであるか！」

「そ、この、女、に……う、熱いィ……」

「おい！　まさか一撃でやられたであるか！」

リリーシャが凛《りん》とした姿をヘズラーに見せつける。

「リリーシャ・パーシファム。軍事大臣ブランムドの娘よ。どうせ聞くんだから先に名乗ってあげたわ」

「ブランムド！　すると貴様はあの時の生意気なガキであるか！」

「懇親パーティで会った時から変わらないわね。今日は何の用？」

「貴様に関係ないである！　それよりよくもやってくれたであるな！」

ヘズラーの周囲にいた残りのグリムリッターがリリーシャを取り囲む。見たところ、リリーシャが倒した男より強いのがちらほらいるな。

だけどヒヨリが満足するほどかというと、どうなんだろうか。

「んー、アルフィスや。斬るならあの隊長らしき男だけにしておくのじゃ。他はおやつにもならん……むにゃむにゃ……」

「いくら退屈な相手だからって寝るな。あれでも精鋭部隊だぞ」

色々と謎《なぞ》が多いがリリーシャやレティシアが出しゃばった以上、オレが引っ込んでいるわけにもいかない。手荒なことになりそうだが、後処理は世界王に任せよう。というわけでオレの出番だ。

「ヘズラー公爵よ。ずいぶんと気が大きいじゃないか」

「貴様は何であるか！」

次から次へと登場人物が出てきて忙しいだろうな。ヘズラーは上擦《うわず》った声を上げながら、グリムリッターの隊長格らしき男の後ろに隠れた。

その隊長格の男が手に取ったのは槍だ。極太の槍は成人男性が二人がかりでも持つのが厳しいほどの重量感がある。そんなものを悠々と両手持ちしているのだから、よほど膂力《りょりょく》に自信があるんだろう。

「それ以上ヘズラー様に近づけば殺す」

「他国の王都にまでやってきて何を言ってるんだよ。今回のことは事前に国王に伝えているんだろうな？」

「貴様に言う必要はない」

さすがマシーン部隊だ。オレに対して何の感情も見せず、ただヘズラーを守ることしか考えていない。雇われとしてはこの上なく立派で頼りになるだろう。

ただしバルフォント家ならそんな奴はいらない。命令に忠実ということは命令以上の成果を上げられないってことだ。言われたことをやるなんて、オレ達なら幼少の頃に通り過ぎている。

例えばオレがあいつらの立場なら、とっくにレティシア含めて殺している。立ちはだかった時点で脅威なんだから事前に排除しておくのが当然だろう。それをお行儀よくオレが襲いかかるまで何もしないんだからな。

この点に関してはリリーシャのほうがまだ決断が早い。

「うぬ！　デアキニー！　とっととそのガキどもを始末しろ！」

「かしこまりました」

デアキニーと呼ばれた大槍の男の突きが放たれた。空を貫くほどの風圧を感じつつも、オレは最小限の動きで横にスライドする。うん、なかなかの練度だな。

「……この私の突きを回避するとはな」

「デアキニー！　一撃で仕留めるである！」

「現在の私の戦闘能力では不可能です。この少年は只者ではありません」

「なんだと！　それでも真天と恐れられた男であるか！」

あのデブはわかってないけど、槍の間合いは剣とは比較にならない。あえて間合いに入ったオレに当てられないことの重大さはあのデアキニーがよくわかっているはずだ。

残りのグリムリッターがレティシアやリリーシャを放置して、オレを取り囲む。

「さすがに引き際を考えろよ。オレはそこのデブを一発ぶん殴れたらそれでいいんだからな」

「ヘズラー様に危害を加えると言うのなら容赦せん」

「忠実なことだな。給料高いのか？」

「貴様に言う必要はない」

まぁないよな。オレはヘズラーに向けて嘲笑した。

「なぁ、デブ。オレがお前をぶん殴れたら、もう安心してノコノコと出かけられないよな」

「そんなことは万が一にもないである！　グリムリッターはこの国の騎士団などとは比較にならんである！」

「それは認めるよ。何せここの騎士団は訓練は適当だし、遠征なんかしようものならさぼり放題だからな」

「フヒヒヒッ！　それ見たことであるか！　グリムリッターの別名は暗黒童話！　貴様はこの大陸でもっとも敵に回してはいけないものを敵に回したである！」

オレが二度目の嘲笑をした際に動く。デアキニーの突きが放たれて、他の護衛から繰り出される斬撃の嵐《あらし》。

太刀筋に無駄がなく、全員がブラッドマンティス以上の精度で斬りかかってきた。

「悪くない」

さすがは精鋭部隊、屋敷の守りを任せている使用人と戦えばそこそこの勝負になるはずだ。

そう思いつつ、オレが最小限の力で斬撃を弾《はじ》くと全員がバランスを崩した。

「おらぁぁッ！」

デアキニーの突きの連撃はギリギリ鼻先まで引きつけてからかわす。

「なっ⁉」

そんな槍を魔剣で斬り上げると、デアキニーが槍ごと体を浮かせる。その隙にダッシュで駆け抜けた先にいるのはヘズラーだ。

「よぉ」

「ひっ！」

ヘズラーの顔面に拳《こぶし》をめり込ませた。歯が飛び散り、鼻も折れたヘズラーが背中から馬車に激突する。

「ぶごぉっ！」

豚みたいな声を出したヘズラーは見事に気絶していた。ひどい顔が更にひどくなっているな。

「へ、ヘズラー様！」

「ぶ、ぶぎ、ぶぎっ……」

執事がヘズラーをゆすっているが、たぶんしばらく起きないぞ。そしてあの体を馬車まで運ぶのも一苦労だろう。

まぁあの巨体に衝突された馬車は側面が破損しているけどな。

一方でデアキニー達は動けずにいた。そんなやつらの肩を後ろからトントンと叩《たた》く。

「お前ら、なかなかやるな。さすがこっちも無傷とはいかなかったよ。ほら、この髪が少しだけ切れてるだろ？」

デアキニーは動かない。その額から流れる一筋の汗があいつの内心を表している。それを理解したデアキニーが槍を地面に置いた。

「ボルク執事、この少年は私の手には負えない。ヘズラー様を連れて王都を出るぞ」

「そ、そんな勝手な……」

「我々の役目はヘズラー様を守ることだ。ただしこの少年と戦えば、それも達成できなくなる」

「仕方ありません……」

散々お騒がせしたヘズラーご一行は馬車ごと王都の門へ引き返していく。

気絶したヘズラーを抱えたデアキニーは去る際にちらりとオレを見た。引き際としてはギリギリだな。だけどあいつら、オレが出てきた途端に真っ先に警戒したな。

それはレティシアとリリーシャに戦意がなくなっていることを瞬時に見抜いたからだ。あの二人のことだから、オレがいれば自分達が出しゃばる必要もないと考えたんだろう。

「アルフィス様、おかげ様で助かりました」

「お前じゃあいつらの相手は難しかったな」

黙っているリリーシャも自分で全員の相手は無理だとわかっている。だからあえてオレに何も言ってこない。

正義感が強いのはいいが力量が伴ってくれないとな。

「あ、あの、ありがとうございました……」

「子どもに怪我《けが》はないみたいだな。災難だったな」

ヘズラーに平手打ちされた女性が深々と頭を下げた。子どものほうもよくわからないといった様子ながら、母親の真似をする。よく教育されているじゃないか。うちのギリウムなんか未《いま》だにオレが脅さないと、じゃなくて諭《さと》さないと謝れないからな。

それから多くの人達がレティシアに詰め寄る。

「レティシア王女、なぜ隣国の公爵様がいらっしゃったのでしょうか!」

「戦争などの心配はないですよね⁉」

「レティシア様!」

一難去った後、王都の民が矢継ぎ早にレティシアに質問をぶつける。終わってみればだいぶ異常事態だったとようやく認識できたみたいだ。戦争の心配をする王都民の気持ちはわかる。

ただし一般的に言われている隣国戦争で戦った相手はオールガン国じゃない。この国が戦争をした相手は西のギアース国だ。

オールガン国はあくまで中立という立場を貫いて隣国戦争に関与していない。というのが昨日までの認識だ。

あのヘズラーを見ていると、どうもキナ臭い。確かに見た目からしてろくでもない奴だが、さすがにあそこまで横暴に振る舞うほどアホか? いや、アホの可能性は大いにあるが。

アホが強気になる時は大体後ろ盾がある時だ。アホ一人じゃ権力がなければろくに拳を振り上げられない。何にせよ、オレの想定外の事態が起こっているのは確かだ。

実に面白《おもしろ》い。これはアルフィスルートに入ったと解釈していいだろう。

ただしゲームのように必ずしもハッピーエンドになるとは限らない。最悪、オレが殺されたらゲームオーバーだ。

「アルフィス様、さすがです！　さっきの奴らはザコでしたね！」

「グリムリッターはあんなものじゃない。あれはいわゆる二軍だろう」

「二軍？」

「主戦力じゃないってことさ。あのデブは公爵みたいだったが、デブに限らず貴族に与えられる戦力なんて余りものばかりだ」

ルーシェルはひぇーとばかりに青ざめている。こいつ、ホント自分より弱い奴にしかイキれないよな。

ルーシェルの反応はもっともだが、考えてみたら当然だ。どこの世界に一番大切で強い戦力を与える奴がいる。いざという時のために王族達が主戦力を確保しているに決まっているだろう。

「主戦力じゃない、ね」

オレの話を聞いてリリーシャもまた苦い顔をしている。自分一人じゃデアキニー達を倒すのは難しかったと自覚しているからだ。ましてやそれが二軍相手と知ったんじゃプライドがまた崩壊しかねない。

それでも一人は瞬殺したんだから誇るべきだ。学園の一般生徒じゃ、あの二軍にも歯が立たないんだぞ。

「レティシア様！」

「騎士団の方々……」

今頃《いまごろ》になって我が国の騎士団が到着した。息を切らしていかにも急いできたって感じだが、そもそも遅すぎる。疲れているのだって普段から体力作りをさぼっているせいだろう。この様《ざま》じゃ、あのヘズラーの言う通りだな。バカにされて当然だ。

レティシアが経緯を説明すると、騎士の一人が大急ぎで頭を下げた。

「そのような有事にもかかわらず、出遅れてしまって申し訳ありませんでした！」

「いいんです。それよりこのことをお城に報告していただけますか？」

「ハッ！　ただちに！」

すでに終わった後だと知って安心しているな。だからあんなに元気よく頭を下げられる。どうしようもない奴らだが、この状況を作り上げたのはバルフォント家だ。

レオルグの代になってバルフォント家が積極的に動くようになったものだから、騎士団は暇になる。いわゆる平和ボケってやつだな。王都なんかはまだマシで、地方なんかはとんでもないことになっているだろう。

騎士が張り切って走り去る様子をレティシアは憂いを含んだ目で見送った。

「これではいざという時にどうしようも……」

子どもの頃から国や騎士団の在り方に疑問を持っていたレティシアとしては面白くないだろう。その元凶《げんきょう》を父親に持つ身としては、どの口で何を言えるかという話だ。だけど今はそんなことはどうでもいい。

「レティシア、次はどこへ行く？」

「はい？」

「せっかくの外出中だぞ」

「……そうですね」

そう、今のオレ達は休日を満喫している学生だ。国内のゴタゴタなんて気にする必要はない。

とはいってもどこへ行けばいいんだろうな？

すでにレティシアの周りにたくさんの人間が群がっているし、混乱を鎮《しず》めないことにはな。

まったくあのデブ、学生の休日を邪魔しやがって。

「アルフィスか」

その時、騒がしかった人達がピタリと静まる。

まるで動物の群れが危機を察知したかのように落ち着いて、全員が同じ方向を見た。

「ヴァイド兄さん……」

バルフォント家長男のヴァイド兄さんが歩くごとに人々がモーゼに割かれた海のように左右に避ける。

獣のような眼光に背中まで伸びたボサボサの髪、肩を露出させた極めてラフな服装。筋骨隆々で引き締まった肉体に誰もが目を奪われた。

「あ、あれって剣聖ヴァイドか？」

「鬼神ヴァイドだ……」

「国崩《くにくず》しが王都を歩いている……」

いくつ異名があるんだよって感じだけど、それがヴァイド兄さんの実力だ。それはつまりどう呼んでもしっくりこないほどの強さと名声が知れ渡っていることでもある。

国崩しは隣国戦争後のどさくさに紛れて建国した小国を滅ぼした時についた異名だったかな。小国とはいってもギアース国の宰相が敗残兵と共に反乱を起こして独立した国だから、そこそこの規模はあったはずだ。

セイルランド王国とギアース国の中間に陣取って貿易を支配しようとしなければ、もっと長生きできただろうに。

「先程、オールガン国のエンブレムをつけた馬車とすれ違ったのだが何があった」

「ここじゃ何もわからないな」

なんてことない会話だけど、これは何かあったという返答だ。つまり必然的にバルフォント家の出番であることを示している。

ヴァイド兄さんは何も言わずにオレの瞳《ひとみ》の奥すら射抜くように覗《のぞ》き込む。普段は物静かで口数が少ないけど、ヴァイド兄さんは極度の負けず嫌いだ。それだけに少し厄介な癖《くせ》を持つ。

「私も息抜きで王都まで来ていてな。そちらの女生徒はお前の友人だな。ふむ……」

ヴァイド兄さんは今度はレティシア達を見つめた。

まるで捕食者に見つかったかのように、レティシアとリリーシャの表情が強張っている。

「ルーシェルはよく知ってる。他にはレティシア姫か。それにパーシファム家のご令嬢……ふむ。なるほど、ほう……」

「あの……？」

「王都にいい店があってな。そこのパフェが絶品なのだ。よかったら一緒に食事でもどうだ？」

「はい？」

ヴァイド兄さん、完全にロックオンしやがったな。だけど今日は休日だからな。思うようにはさせない。させないんだがヴァイド兄さんは強引《ごういん》にオレ達をレストランに連れていく。

「うむ、やはり休日は糖分補給に限る」

ヴァイド兄さんはレストランに入るなり、ジャンボパフェを注文した。

それは成人の頭部ほどあろうサイズのパフェで、どこから食えばいいのかわからんほど大きい。

見てるだけで胸やけしそうだけどここにもう一人、ジャンボパフェを注文した奴がいた。

「少しボリュームが足りてないわね。もう一つ頼むわ」

リリーシャの前にジャンボパフェが二つ並ぶ。これにはヴァイド兄さんも目を見開く。

「……私も一つ追加だ」

「おい、ヴァイド兄さん。負けず嫌いなのはわかるが任……じゃなくて仕事に支障きたさないのか?」

「こんなもので支障をきたすような体は作っていない」

などと訳のわからない供述をしており、ヴァイド兄さんの前に無事ジャンボパフェが二つ並ぶ。ガツガツと食べる二人を見ていると食欲が失せるな。

オレとレティシア、ルーシェルは無難なものを注文した。

「アルフィス、学園のほうはどうだ? 決闘の戦績で全学年一位を取ったんだろうな?」

「いや、決闘はそこまでやってない。どちらかというとここにいる奴らと訓練をしている」

「ということは大した順位ではないのだな。私が学園に在籍していた頃は一年の一学期で一位を取ったものだがな」

「順位は知らん。オレの場合、戦績を上げたところで大した恩恵はない」

決闘の戦績は学年別と全学年ごとにランキングがある。当然戦績がよければ進路によっては就職先が有利になるし、学園内でもでかい顔ができた。

あのデニーロ派とかいう派閥が最たるものだ。力のない一般生徒の中にはどこかの派閥に所属する人間がいる。そうすることでトラブルを避けられるし、何か起こった際には守ってくれることもあった。

今はデニーロ派が魔道具の爆発《ばくはつ》事故で退学したせいで、勢力図が塗り替わっているだろう。

「あのギリウムも最終的には学年全体で一位を取った。お前はそれでいいのか？」

「お山の大将に何の価値があるんだよ」

「……では私もその類だと言いたいのか？」

ヴァイド兄さんの逆鱗《げきりん》にわずかに触れたみたいだな。だけど凄んだところで口の周りに生クリームをつけてちゃ格好がつかないがな。

「さぁ？　好きに解釈しろよ」

オレは媚びるつもりはない。ヴァイド兄さんもそういうのは嫌いのはずだ。その証拠にまたパフェをモリモリ食べ続けた。

「ルーシェルはよく知っている。だがレティシアにリリーシャは少し気になるところだな」

「ど、どういうことでしょうか？」

「レティシア、お前が知りたい。それとそちらのリリーシャもだ」

「はひぃぃーー!?」

レティシアが取り乱すのも無理はない。リリーシャは軽蔑しているかのようにヴァイド兄さんに冷たい視線を送っている。お前も誤解させるようなこと言ったくせにな。

「ヴァイドさん、それはどういう意味かしら？」

「お前達の実力が知りたい。どんな技を持つのか、どんな魔法を使うのか、私は非常に興味がある」

「それは……」

リリーシャの言葉を遮《さえぎ》るように遠くの席でテーブルがひっくり返った。柄の悪そうなチンピラ風の男がテーブルを蹴《け》り上げたところだ。

「おいコラァァッ！　舐《な》めんのも大概にしとけやッ！」

「大変申し訳ありません！」

「髪の毛入りの料理なんざ出しておいてよぉ！」

「ひっ！」

男が店員の胸倉を摑《つか》んだ。拳を固めて今にも殴ろうとした時、いつの間にかヴァイド兄さんが男の後ろにいる。

「おい」

「あぁ！　なんだてめ……」

チンピラが振り向くと、そこには筋骨隆々の男が立っているんだからそりゃ停止する。

やっちまったとばかりにチンピラは後ずさった。あぁ、悪い癖が出たか。

「今のはいかんな」

「な、なんだよ。文句あんのかよ」

「あぁ、あるぞ」

ヴァイド兄さんはチンピラの腕を握った。そして強引に肘や腕、足を固定。その膂力に逆らえず、チンピラはされるがままだ。

「お、おい！　なんだってんだよ！」

「重心がよくない。今の蹴りでは足を痛めるだろう。まずはこの姿勢を意識しろ。体に負担なく、余計な力がかかりにくい」

「か、か、勝手なこと言ってんじゃねぇ！」

「よし、その姿勢から私に蹴りを放て」

ヴァイド兄さんは仁王立ちをしてチンピラの蹴りを待ち構えている。客も店員も誰もこのペースにはついていけない。

チンピラはタジタジになりながらも、上等だとばかりに蹴りを放った。その蹴りはヴァイド兄さんの腹を直撃するが、巨大な岩のごとくビクともしない。

蹴りを入れたチンピラはすぐに足に激痛が伝わったみたいだ。

「いでぇえーーーー！　足が、足がぁ！」

「む、少し鍛えが足りていないな。仕方ない。今度は避けてやるからもう一度やってみろ」

「いい、もういい！」

「よくない。筋は悪くないぞ。さ、来い」

ヴァイド兄さんがドンと胸を張った。チンピラは足を引きずりながら、この場から離れていく。

「か、金は払う！　もう帰る！」

「……ありがとうございました」

チンピラが店員に金を渡して店から出ていった。ヴァイド兄さんは困った顔をしながら、人差し指で頬をかく。

「むう、惜しいな」

誰もが静まっている中、オレは冷静にコーヒーカップに口をつけていた。

ほんとに悪い癖だよ。あれは相手を鍛えようとしているんじゃない。単なる興味本位だ。その意味不明さはリリーシャでさえ引いている。

「アルフィス。あなたのお兄さん、だいぶ変わってるみたいね」

「ヴァイド兄さんはな。鬼神だの剣聖だの国崩しだの言われているけど一言でいえば戦闘マニアだ」

「戦闘マニア？」

「ただのパンチだろうが蹴りだろうが、ヴァイド兄さんはすぐに興味を持つ。もっといい技が見たいってだけでな」

オレの言葉を聞いてリリーシャは二の腕をさすった。

もしヴァイド兄さんに興味を持たれてしまったらどうなるか、やっとわかったみたいだ。ヴァイド兄さんの前ではどんな些細な暴力だろうが見せてはいけない。あのチンピラみたいに心が折られるからな。

そうやって相手のポテンシャルを高めた上で戦いたがっている。技へ興味を持ち、それに自身が打ち勝つことを至上の喜びとしていた。つまり負けず嫌いを拗《こじ》らせた究極の負けず嫌いってわけだ。

「あの男は惜しかったが仕方がない。さて、食事の続きをしよう」

「まだ食うのかよ」

ヴァイド兄さんが席について、ジャンボパフェを更に追加した。さすがのリリーシャも対抗するようなことはしない。

ルーシェルもヴァイド兄さんの前だと大人しいんだよな。前に調子こいて矢で攻撃をした時なんか、一晩中攻撃を実演させられたもんだからトラウマになってやがる。

オレがこの世界を攻略するとなればこのヴァイド兄さんは避けて通れない。今のオレじゃ戦いになるかすらわからない以上、地道に経験を積むしかないな。当面の目標は護衛選抜試験だ。

ここで学園内で頂点に立てなければ話にならない。
オレは絶対にこの兄さん、そしてレオルグすら超えてやる。

「さて、諸君。調子はどうかな。活動内容を聞こうか」

夜、レオルグが会議室のテーブルに両肘をついたまま語りかけてきた。

バルフォント家では定例会議が行われる。オレ達兄弟はそれぞれバルフォント家として利益を上げるために活動しなきゃいけないわけだ。

忘れちゃならないのがバルフォント家は悪役貴族。バルフォント家のおかげで結果的に王国の秩序が保たれていようと、その内容は時にえげつない。

「ほーい。じゃあ俺《おれ》からでいいか？」

「ギリウム、言ってみろ」

「辺境のほうで手持ちの魔物に町や村を襲わせた。なかなかの被害が出たんだぜ？　これで王家のクソどもに復興支援税と称して愚民から金を巻き上げさせる。そのうち半分くらいはバルフォント家の手元に入ってくるって寸法さ」

「ふむ……」

おぉひどいえぐい、クズすぎる。どういう育ちをしたらそんなクズ行為ができるのかわからない。とてもオレと同じ環境で育ったとは思えないな。

（はぁ……）

オレの隣でヒヨリがため息をついていた。今のこいつはオレ以外に見えない。

（なんという三下じゃ。アルフィス、あのアホとそなたに血の繋がりがあるとは思えんのう）

（あいつはバルフォント家に生まれたのが不思議なくらい弱っちい奴《やつ》だからな）

などとオレもオレでどこぞの三下めいたセリフを思いついてしまった。ヒヨリは巨大帝国の皇帝の近くにいただけあって、ギリウムみたいなのは受け付けないだろうな。オレもだが。で、レオルグの評価はというと。

「案自体は悪くないが徒《いたず》らに国民を傷つけるな。奴らが減れば我々が得る利益が減るのだぞ」

「そ、そうだったな。気をつける」

税を支払っている国民が減るのは本末転倒だ。どうせアホだからそんなことすらわからなかったんだろう。

「では他は？」

「はぁーい。次はミレイちゃんね。なんか回復魔法に頼らない再生技術を開発した奴がいたから丸ごと買収しようとしたの」

「ほう、それは一大事だな。それが本当なら国内の利権が大きく動く。巡り巡って王家に取り入ろうものなら厄介なことになる」

「でも買収すら拒否してきたから、そいつに濡《ぬ》れ衣《ぎぬ》きせて潰《つぶ》した。他人の論文をパクったとかテキトーなことでっちあげてね。おかげでそいつの国内での信用はゼロよ、ゼロ」

我が姉にも人の血が通っていない。普段はおちゃらけたブラコン変態女だが、仕事はきっちりとやっている。というかこの中だとレオルグに次いで真面目《まじめ》なんじゃないか。

（そなたの姉はとんでもない外道だのう）

（まぁちゃんとケアはしてると思うけどな。ただ濡れ衣を着せられた奴の研究者としての道はもうないだろう）

ある意味で殺すより残酷だ。オレはすごい家に生まれてしまったとたまに思う。

「次は俺だ」

「ヴァイド、お前は確かバトルアリーナに出向いていたな」

「連勝を重ねている無敗のチャンピオンとやらが荒稼ぎしていたのでな。少し相手をしてきた。凄《すさ》まじい相手だったが、しばらく戦うことができなくなったようだ」

バトルアリーナは国中の猛者《もさ》が集まるコロシアムだ。そこだけで生涯年収を稼ぐ奴もいる。ただあまり無双されるとよからぬ奴らに目をつけられて引き抜かれる可能性があった。そうなると国内の各勢力のパワーバランスに影響が出る。ヴァイド兄さんはそんな奴らの芽を摘んできたわけだ。

（こちらは思ったよりまともだのう）

(たぶん仕事の意識はないぞ。戦闘マニアによるただの興味本位だ)

ミレイ姉ちゃんみたいな頭脳労働はできないけど、戦闘に関しては兄弟一だ。ギリウムみたいな粗《あら》がないのもいい。

「最後はアルフィスだな」

「オレは学生だからな。皆と違って大したことはできない。ただ裏で一部の生徒に金をばらまいて悪事を働かせていた教師を粛清しただけだ」

「ほぉ、そんな教師がいたのか」

「実力的に大した奴じゃなくてガッカリだよ。最後は金を受け取った生徒にその教師を殺させてお互い自爆エンドだ。バカ同士が自滅した噂は校内を駆け巡った挙句、生徒の親は信用を失って爵位と財産没収の上に国外追放ってオチだな」

「……ほ、ほう」

おい、なに引いてるんだよ。世界王レオルグともあろうお方がよ。言っておくけど過去のバルフォント家はもっとえげつなかったからな。国内に疫病を流行らせておきながら、特効薬を高値でばらまいてマッチポンプして稼いでいたこともある。

これはレオルグの言う通り、国民を徒らに減らす愚策だからたぶん今後もやることはないだろうけどな。

(そ、それは大したものだのう)

（お前まで引くなや）

魔剣に宿る魔神にすら引かれちゃお終《しま》いじゃないか。ギリウムすら顔が引きつってる。

「アルフィス、お姉ちゃんだけは味方だからね？」

「どさくさに紛れてすり寄ってくるな」

勝手に隣に座って抱きかかえようとしてくるクソ姉を必死に引き剝がした。こうなると嫌な予感しかしないんだよな。

「ねぇアルフィス、そんなに落ち込まないで。お姉ちゃんはね、アルフィスのこと立派だと思ってるの。ね……」

「おいバカ、勝手に落ち込んでる設定にするんじゃねぇ離れろ」

「アルフィスぅ！」

「やめろぉー！」

こうして大事な会議の場でオレは押し倒されてしまった。至近距離からのマシンガンキスをかろうじてかわしつつ、この国にブラコンこそ一番いらんだろと思うのであった。

あとがき

悪役貴族、なんとロマンのある概念だろう。どうも、ラチムです。本作品の主人公は王国の裏の支配者であるバルフォント家に生まれた末っ子のアルフィスです。いえ、正確にはアルフィスとして転生した人物です。彼はストイックで強くなることや攻略以外にはほとんど興味を示しません。

アルフィスはゲームでは壁ボスとして立ちはだかりました。ゲーム中盤にいるラスボスより強いと言われる中ボスです。このような壁ボス、最近ではあまり見なくなったかもしれません。こういったボスは非常に印象に残ります。

物語当初から倒す目標として掲げられていたボスと中盤に差し掛かる頃になって戦うはめになる。え？　いや、さすがに早いでしょ？　もう戦うの？　などと思ったものです。実際に戦うと本当に強い。何度もゲームオーバーになります。後から考えてもあの行動パターンは中盤にしてはやりすぎだと思えるものばかりです。

本作のアルフィスもＨＰ吸収、全体攻撃、シャドウサーヴァントで手数を増やす、状態異常と隙がありません。特に状態異常は運が絡むので、半分は運ゲーとも言われているほどのバランスです。

アルフィスに転生した主人公も例外ではなく苦戦を強いられています。そんな敵キャラを操作できるとなったらどうか？　本作はそういう物語となっております。

他にも裏ボスのルーシェルまで味方についてるので至れり尽くせりですね。ルーシェルが強くなった理由は本編でも説明されている通りで不明です。帰ってきた何とかシリーズのノリで、ものすごく強くなっています。

などと二人に焦点を当てていますが、本来の主人公はレティシアです。彼女は最終的にいわゆるジャンヌ・ダルク的な立ち回りでバルフォント家に立ち向かいます。そんな正規の物語がぶち壊される様《さま》、楽しんでいただけたなら幸いです。

取り留めのない話をつらつらと書きましたが表紙絵、めちゃくちゃかっこよくないですか？　イラスト担当のろこ先生には頭が上がりません。本作の書籍化を進めてくださった担当編集者様共々感謝します。それでは次もぜひお会いできることを願っています。

ファンレター、作品の
ご感想をお待ちしています

〈あて先〉

〒105-0001
東京都港区虎ノ門2-2-1
SBクリエイティブ（株）
GA文庫編集部 気付

「ラチム先生」係
「ろこ先生」係

本書に関するご意見・ご感想は
右のQRコードよりお寄せください。

※アクセスの際や登録時に発生する通信費等はご負担ください。

https://ga.sbcr.jp/

本書は、カクヨムに掲載された
「王国を裏から支配する悪役貴族の末っ子に転生しました～「あいつは兄弟の中で最弱」の中ボスだけどゲーム知識で闇魔法を極めて最強を目指す。ところで姫、お前は主人公のはずだがなぜこっちを見る？～」
を加筆修正、改題したものです。

王国を裏から支配する
悪役貴族の末っ子に転生しました
〜「あいつは兄弟の中で最弱」の中ボスだけど
ゲーム知識で闇魔法を極めて最強を目指す〜

発　行　　2025年3月31日　　初版第一刷発行

著　者　　ラチム
発行者　　出井貴完

発行所　　SBクリエイティブ株式会社
〒105-0001
東京都港区虎ノ門2-2-1

装　丁　　AFTERGLOW

印刷・製本　中央精版印刷株式会社

ISBN978-4-8156-2867-3

Printed in Japan　　GA文庫

第18回 GA文庫大賞
GA文庫では10代～20代のライトノベル読者に向けた魅力溢れるエンターテインメント作品を募集します！
創造が、現実《リアル》を超える。
イラスト／りいちゅ
大賞賞金300万円+コミカライズ確約！
◆募集内容◆
広義のエンターテインメント小説（ファンタジー、ラブコメ、学園など）で、日本語で書かれた未発表のオリジナル作品を募集します。希望者全員に評価シートを送付します。
※入賞作は当社にて刊行いたします。詳しくは募集要項をご確認下さい。
全入賞作品を刊行までサポート!!
応募の詳細はGA文庫公式ホームページにて
https://ga.sbcr.jp/